ぎ糸

小料理のどか屋 人情帖16

倉阪鬼一郎

時代小説

二見時代小説文庫

天保つむぎ糸——小料理のどか屋人情帖16

目次

第一章　正月の湯奴《ゆやっこ》

一

「正月も休めないんじゃ大変だね、おちよさん」

のどか屋の檜《ひのき》の一枚板の席から向き直って、隠居の大橋季川《おおはしきせん》が言った。

「仕方ありませんよ。お正月は、江戸の外から浅草寺《せんそうじ》などへ初詣《はつもうで》に来られる方もいらっしゃいますから。旅籠《はたご》がどこも休みだと、泊まるところがなくなってしまいます」

おかみのおちよが答えた。

「まあ、旅籠にとってみれば書き入れ時ですからね。七福神巡りに来られたりする人もいるので」

旅籠の元締めの信兵衛《しんべえ》が言った。のどか屋のほかにも、この界隈《かいわい》で何軒も旅籠を持っている。

「ありがたいことですよ。正月が休めないなんて文句を言ったら、罰《ばち》が当たります」

厨《くりや》で手を動かしながら、あるじの時吉《とききち》が笑みを浮かべた。

岩本町《いわもとちょう》を焼け出されたのどか屋は、ここ横山町《よこやまちょう》で旅籠付きの小料理屋として生まれ変わった。当初は江戸でここだけだったのだが、風のうわさによると、のどか屋の真似《まね》をしたのかどうかは知らないが、このところはよその町にもできているらしい。

「お参りをして願《がん》も懸けたくなりますね。この冬も、江戸では続けざまに火事が起きているもので」

おちよが眉をひそめる。

「まったくだね。浅草の黒船町《くろふねちょう》とか、小伝馬町《こでんまちょう》とか、だいぶ近場で火が出たから肝《きも》をつぶしたよ」

隠居が首を軽く振った。

「うちは二度も焼け出されてますから、もうこりごりですよ。ねえ、おけいちゃん」

おちよは一緒にのどか屋を手伝ってくれている女に言った。

「ほんとです。いまだに前の大火の中を逃げてる夢を見ますから」

おけいはしみじみと答えた。

ともに火の中を逃げてきた一人息子の善松《ぜんまつ》を長屋の衆に預け、日が落ちるまではのどか屋を手伝ってくれている。

「まあ、なんにせよ、改元《かいげん》もされたことだし、大きな災いが起こらないようになればいいねえ」

隠居がそう言って、正月の縁起物の田作《たづく》りに箸を伸ばした。

飴色《あめいろ》に炊《た》かれたのどか屋の田作りには、ふんだんに白胡麻《しろごま》が散らされている。ぷっくりとした上物の胡麻をあしらうと、田作りがいっそう引き立つ。

「ずいぶん押し詰まってからの改元でしたね、ご隠居」

こちらはつややかな黒豆をつまんで、元締めが言った。

「そうそう。年が明けたらいきなり天保《てんぽう》二年だから、なんだか狐に化かされたみたいだよ」

隠居はそう言って笑った。

文政《ぶんせい》から天保へ、元号は変わったものの、のどか屋のたたずまいは同じだ。のれんをくぐっていつものところに腰を下ろすと、思わずほっとする。

「わあ、ちょっとあがった」

表のほうから、千吉《せんきち》の声が響いてきた。

のどか屋の跡取り息子もだんだんに背が高くなってきた。大きくなったら父の跡を継ぐべく、いまから折にふれて包丁を動かす稽古に励んでいる。時吉もおちよも、その成長を楽しみにしていた。

「もうちょいと勢いをつけられたらいいんだがな」

一緒に裏手で凧《たこ》揚《あ》げをしているのは長吉《ちょうきち》だった。おちよの父で、時吉の料理の師匠に当たる。

旅籠が付いているのどか屋と違って、浅草の福井町《ふくいちょう》にある長吉屋は正月の三が日を休んでいる。修業に来ている弟子のうち、帰れる者は家に帰すことにしていた。正月くらいは家族水入らずで過ごすのがいい。

そんなわけで、見世《みせ》にのれんを出していないものだから、かわいがっている孫のもとへいそいそとやってきて、一緒に凧揚げを始めたところだ。

「はしれないの、千ちゃん」

千吉が言った。

生まれつき左足が曲がっていて、時吉もおちよもずいぶん気をもんだが、歩く分にはわりと上手《じょうず》に進めるようになった。しかし、走るのはまだいささか荷が重い。

「走らなくったっていいぞ。こけたら困るからな」

長吉はあわてて言った。

「その代わり、ひょいひょいって指を引いて風に乗せてやるんだ」

「こう？」

千吉が見よう見まねでためしてみる。

「あっ、取っちゃだめ」

「こら、猫はあっち行け」

そんな声が伝わってきたから、のどか屋におのずと和気が満ちた。

いまは旅籠の支度をしているが、おけいのほかにおそめという娘ものどか屋を手伝っている。手が足りないときはもう一人、おしんも手伝いに来る。

だが、のどか屋を手伝っているのはそればかりではない。見世先で愛らしい姿を見せ、客を招く三匹の看板猫がいた。

茶白の縞猫ののどか、その娘のちの、さらにその娘で縞のある白猫のゆき。三代そろった猫たちも、のどか屋には欠かせない顔だ。

「猫縁者もずいぶんと増えてきたでしょうね」

元締めが言った。

「ええ、ありがたいことで」

おちよが答える。

「うちの長屋にも一匹入ってますから」

おけいが笑みを浮かべた。

のどか屋の三匹の猫はいずれも雌《めす》だ。そのままではむやみに子が増えて、猫だらけになって困ってしまうところだが、案ずるには及ばない。

のどか屋の猫は福猫だ。もらうと福が来るぞ。

いつしかそんなうわさが立ち、口から口へと伝えられたものだから、子猫は次々にもらわれていき、そちらのほうの縁者がずいぶんと増えてきた。

「そのうち、猫縁者たちの集まりをやったらどうだい、おちよさん」

隠居がそう水を向けた。

「猫たちの里帰りですね。そういう案も出たんですけど、猫にとってみたら迷惑かもしれないので」

「狭い籠《かご》の中に押し込められて運ばれるのは、猫は嫌がりますものね」

おけいが答えたとき、旅籠に通じるほうの小ぶりののれんが開き、鈴の音を響かせながらおそめが入ってきた。

「旅籠の支度、整いました」

若い娘が告げる。

鈴の音が響いたのはほかでもない。旅籠の客には身状《みじょう》の悪い者もいるかもしれないから、万が一にも狼藉《ろうぜき》を働かれたりしないように、帯にきれいな紅色の鈴をつけているのだった。

「ご苦労さま。そろそろ、お泊まりのお客さまが見えるころね」

おちよが労をねぎらう。

「今日は何か泊まりの約が入ってるのかい？」

隠居がそう問うてから、出されたばかりの肴《さかな》に手を伸ばした。

慈姑《くわい》の素揚げだ。

正月の縁起物の一つである慈姑は、むろん煮物にしてもうまい。

しかし、薄切りにして素揚げにし、塩をはらりと振りかければ、恰好の酒の肴になる。手が止まらなくなるうまさだ。

「結城《ゆうき》の紬《つむぎ》問屋の方の約をいただいています」

おちよが答えた。

「ほう、ずいぶんと遠方だね。江戸であきないがあるのかな」

「正月から大変ですね」

元締めが答えたとき、表で千吉の声がした。

「あっ、お客さん」

さては結城の客が着いたのかと、おちよたちはいそいそと出迎えた。

だが、目当ての客ではなかった。のどか屋にやってきたのは、見知った顔だった。

二

「まあ、めでたいような、めでとないような」

原川信五郎《はらかわしんごろう》が、猪口《ちょく》の酒を干してから小首をかしげた。

「なにかと正月からあわただしいわ」

国枝幸兵衛《くにえだこうべえ》が苦笑いを浮かべ、おめでたい紅白の蒲鉾《かまぼこ》に箸を伸ばした。

ただ盛るのではなく、市松模様になるようにきれいに並べ、せん切り大根と大葉《おおば》とおろし山葵《わさび》をあしらってある。新たな年の船出にふさわしい彩《いろど》りだ。

座敷に陣取った二人は、大和梨川《やまとなしがわ》藩の勤番の武士だ。のどか屋のあるじの時吉も、かつては同じ藩の禄《ろく》を食《は》んでいた。わけあって刀を捨て、包丁に持ち替えたあとも、ありがたいことにむかしのよしみでこうしてのどか屋に通ってくれている。

だが……。

どうやらそれもあとわずかということに相成った。二人とも江戸づとめを終え、大和梨川へ帰ることになったのだ。

「いやしかし、ご出世でなによりじゃないですか」

季川の白い眉が下がる。

「そうそう、これからはお奉行、お目付様とお呼びしなければ」

信兵衛も和す。

二人の勤番の武士は、ただ田舎《いなか》に帰るわけではなかった。

偉丈夫の原川新五郎は中老《ちゅうろう》兼寺社奉行。

華奢《きゃしゃ》なほうの国枝幸兵衛は小老《しょうろう》兼目付。

まじめに勤番をつとめた甲斐あって、ともに大きな役がつくことになった。

「なんのなんの、中老と言うても名前だけや」

原川があわてて手を振った。

「田舎の小藩やさかい、大したことあらへんねん」

国枝もそう言ったが、顔には満足げな色が浮かんでいた。

「でも、寂しくなりますね。うちにお見えにならないとなったら」

「そやねん、おかみ」

原川は上方《かみがた》なまりでおちよに言った。

東海道から外れた盆地にある大和梨川は、もともとは東大寺領《とうだいじ》だ。よって、その名のとおり大和の端くれなのだが、上方から見れば辺境もいいところで、まったく数のうちに入っていない。

「大和梨川へ帰ったら、ろくに呑みにも行けんわ」

「うまいもんも食えんしな」

「辛気臭《しんきくさ》いつとめも増えるし、まったく気が重いで」

「ほんまや」

口ではそう言いながらも、二人はどこか晴れがましそうな顔つきだった。

「いつ江戸を発《た》たれるんですか?」

時吉がたずねた。

「まだ峠に雪が残ってるさかいな。それが溶ける頃合いで」

原川新五郎が答える。

「なら、もう少し間がありますね」

と、おちよ。

「宿直《とのい》の弁当を頼みに来る若いもんと引き継ぐさかいに」

「そのうち連れてくるわ」

「どっちも楽しみにしてるらしいぞ」

「そんなら、座敷を貸し切りで」

二人の武家が掛け合っているうちに、だんだん話がまとまってきた。

「では、頃合いを見て、送別の宴《うたげ》だね」

隠居がそう言って、また猪口の酒を干した。

「そやな。引き継ぎの若いもんにも言うとくわ」

と、原川。

「江戸の味の食い納めになるかもしれんでな」

国枝が言う。

「ほんまやなあ」

「帰りとうないで」

晴れて出世する二人だが、そこだけは本当に残念そうな顔つきだった。

三

「おう、その調子だ」

長吉の目尻にいくつもしわが寄った。

千吉は厨に入り、包丁の稽古を始めた。わらべの背丈に合わせて、前はだいぶ高い踏み台を使っていたのだが、いつのまにか背が伸びたので低いものに替えたところだ。

「とんとん、とんとん……」

神妙な面持ちで、わらべなりに一生懸命切っているのは木綿豆腐だった。

これから湯奴《ゆやっこ》にする。食すのはみな常連だから、多少ふぞろいでも文句は出ない。

「腕が上がったな、千坊」

手元をのぞきこんでいた隠居が言った。

まんざら世辞でもなかった。千吉がわらべ用の包丁で切っている豆腐は、いい按配《あんばい》の四角にそろっていた。

「これなら代わりがつとまるかもしれないよ」

元締めも目を細くする。

「はい、できたよ、おとう」

千吉は自慢げに時吉のほうを見た。

「よし、上出来だ」

時吉は息子のかむろ頭をなでてやった。

「薬味の葱《ねぎ》も刻むか？」

そう問うと、千吉は元気いっぱいの声で、

「うん」

と答えた。

のどか屋におのずと和気が満ちる。

「この按配で腕が上がりゃ、のどか屋も安泰だな」

千吉の手元を見ながら、長吉が言った。

「料理の修業はうちでできるからいいとして、そろそろ寺子屋に通わせようかって話をしてるのよ、おとっつぁん」

おちよが告げる。

「寺子屋か？」

長吉は意外そうな顔つきになった。

「もうそんな歳《とし》なのかね」

と、隠居。

「月日が経つのは早いですね。こちらが歳を取るのも当たり前です」

「それはこちらのせりふだよ、元締めさん」

季川が笑う。

「しかし、おとっつぁんは侍上がりなんだから、わざわざ寺子屋へ通わせなくったって、いくらでも読み書きやものを教えられるだろうに」

長吉が首をかしげた。

「料理屋でも、よその釜の飯を食わせて修業させたりするではないですか。それと同じで、寺子屋へやるほうが良かろうと、ちよと相談していたんです」

時吉が言った。

「なるほど、それも道理だな」

「それに、寺子屋へ通えば、つれのわらべができて、そちらのほうでも千吉にはいいだろうと」

おちよが言うと、打ち水を終えて戻ってきたおけいがうなずいた。

「とんとん、とんとん……できた」

葱の小口切りを終えた千吉が笑みを浮かべた。

「おう、ちょうどいいな。煮えたところだ。……はい、お待ち。土鍋が熱くなっていますので、お気をつけて」

時吉は一枚板の席に湯奴の鍋を出した。

すでにさりげなくおちよが鍋敷きを置いてある。いま千吉が切った葱に、もみ海苔《のり》や胡麻や削り節などの薬味を添え、あたためた醬油につけていただく。

「おお、来た来た」

「見るからにあったまりそうですね、こりゃ」

隠居と元締めがさっそく玉杓子《たまじゃくし》を手に取った。

「葛《くず》の按配は良さそうだな」

長吉が鍋をちらりと見て言う。

「煮方も気をつけましたので、ちょうどいいかと」

時吉が自信ありげに答えた。

薄めの葛湯で豆腐を煮ると、いたくやわらかな火の通りになる。口当たりがまろやかで実にうまい。

しかし、加減がなかなかに難しい。葛湯が濃すぎると焦げついてしまうから剣呑《けんのん》だ。

煮加減は、豆腐がゆらっとしたときにすくい上げるのが骨法《こっぽう》だ。ぐらぐらと煮えて浮き上がってきてはいけない。

「これは……絶品だね。赤子の肌のような舌ざわりだ」

季川がうなった。

「それじゃ、赤子を食べたことがあるように聞こえますよ」

おちよがそう言ったから、一枚板の席に笑いの花が咲いた。

「千吉も食うか？」

長吉が水を向ける。

「うん、じいじ」

千吉はすぐさま乗ってきた。

「熱いから、ふうふうしてあげる」

「うん」

おちよが取り皿に豆腐をすくい、息をいくたびか吹きかけてやった。

「ちゃんと薬味を添えて、醬油につけてから食べるんだぞ」

時吉が言った。

「わかってるよ、おとう」

妙に大人びた口調で答えると、千吉は少し危なっかしい箸づかいで湯奴を口中に投じ入れた。

まだ熱かったようで、顔をしかめながらはふはふと食す。

そのさまがなんともかわいくて、のどか屋にまた和気が満ちた。

そこで、旅籠に通じるのれんが開いた。

「お客さま、お着きです」

おそめが告げる。

「はあい、ご苦労さま」

「お出迎えね」

おちよとおけいがすぐさま動いた。

のどか屋に着いたのは、結城の紬問屋の主従だった。

第二章　寒鰈《かんがれい》の刺身

一

結城から来た客は、あるじと番頭の二人連れらしかった。

らしかった、というのは、ほかでもない。主従は小料理屋のほうへは顔を出すことなく、そそくさと案内された部屋へ入ってしまったからだ。

たとえ呑み食いはしなくても、のれんをくぐってにこやかにあいさつだけしていくあきんどがもっぱらなのに、顔すら見せないのはなかなかにいぶかしいことだった。

「長旅だったから、よっぽど疲れてるんだろうね」

一枚板の席で根を生やしはじめた隠居が言った。

「だと思います。あんまり答えてくれませんでしたから」

案内を終えたおけいが言った。

「ここであきないをするおつもりはないみたいで」

おちよはいくらかあいまいな顔つきで時吉に伝えた。

「値の張る結城紬など買いそうにないと思ったのかもしれないな」

厨から時吉が答えた。

紬の産地はいろいろあるが、結城紬はその名をとどろかせている。『和漢三才図会《わかんさんさいずえ》』に最高級品として記されているのだから、推《お》して知るべしだ。

そうこうしているうちに、まず長吉が腰を上げた。

「仕込みがあるからな。そろそろ帰《けえ》るぜ」

古参の料理人が右手を挙げる。

「今年も達者でね、おとっつぁん」

と、おちよ。

「去年、料理人をやめかけたからよ。今年は何事もなきゃいいな。……おっ、千吉、いい子にしてるんだぞ」

「うん」

千吉は包丁を置いて軽く手を振った。むきむきの稽古でちょっと手が疲れてしまったらしい。

「なら、お客さんのつてを頼っていい先生のあたりがついたら、いずれ紹介してやろう」

長吉はおちよに言った。

寺子屋の先生の件だ。べつに急ぐ話ではないが、千吉が歩いて通《かよ》えるところでいい先生が見つかれば、教えを請うに若《し》くはない。

「お願いね、おとっつぁん」

おちよは笑みを浮かべた。

まもなく、また客が来た。

野田《のだ》の醤油の醸造元の主従だ。のどか屋を江戸の定宿《じょうやど》にしてくれている流山《ながれやま》の味醂《みりん》の醸造元の大旦那から話を聞いたと言って、前にも泊まってくれたことがあった。

このように口から口へと評判が伝わり、だんだんに顔なじみが増えていくのは何よりうれしいことだった。

「またお世話になります」

あるじの喜助《きすけ》がにこやかにあいさつした。

「毎度ありがたく存じます。本年もどうかよしなに」

おちよがていねいに頭を下げた。

「正月からあきないとは、大変だね」

隠居が声をかけた。

「働かないとおまんまにありつけませんから、ご隠居」

「貧乏暇なしでして」

血色のいいあるじと、番頭の留吉《とめきち》が如才《じょさい》なく答えた。

「のどか屋さんの豆腐飯をいただけば、これから一年、息災《そくさい》で過ごせます」

「ほんに、旦那さまのおっしゃるとおりで、手前は朝の豆腐飯が楽しみで楽しみで」

もう少しで歯が浮くようないい調子で、野田の醤油づくりの主従はにこやかに言った。

泊まり客に供する朝の膳には、決まって豆腐飯を出している。豆腐を甘辛く煮て、ほかほかのごはんの上にかけ、薬味を添えながら食す。

始めは豆腐だけを匙《さじ》ですくって味わい、それからごはんとまぜてわしわしと食す。一膳で二度の楽しみができるし、海苔や胡麻やおろし山葵《わさび》や葱などを添えるたびに味わいも変わっていく。この上なく簡明だが奥の深い豆腐飯は、すっかりのどか屋の名物になった。これを食べたいがために旅籠に泊まる客がいくたりもいるほどだ。

「豆腐飯のほかにも、お正月らしい料理をいろいろ仕込んでおりますので」

時吉が言った。

「湯屋《ゆうや》の帰りにでもお立ち寄りくださいまし」

おちよが和す。

「いいですね、旦那さま。湯上がりにきゅっと一杯」

番頭の留吉が身ぶりを添えて言った。

「うまいことを言うじゃないか。……では、あとでまた」

あるじの喜助はさっと右手を挙げた。

「お待ちしております」

「では、ご案内いたしますので」

「こちらへどうぞ」

おけいとおそめが、客を二階へ導いていった。

のどか屋の旅籠の部屋は六つある。

まず、一階の小料理屋の並びに一部屋つくった。足の悪い年寄りや、酔って夜中に雨戸をたたくような客に階段は禁物だ。急な階段ばかりでなく、ゆるやかなものももう一つこしらえたのだが、足を滑らせて落ちたりされたら困る。そういう客のために、階段を上らなくてもすむところに一部屋つくってあった。

二階の奥の広い部屋は、のどか屋の家族が使っている。その並びに二つ、往来が見える手前に三つ、あわせて五つの部屋が二階にあった。

奥の手前に結城の紬問屋の客を入れたから、斜《はす》に線を引き、遠くなるところに野田の醤油づくりの主従を案内した。埋まってきたら是非もないが、客同士はなるたけ離すように按配している。前に、「隣の泊まり客のいびきがうるさい」と文句を言われたことがあったからだ。

ほどなく、おけいとおそめが旅籠のほうから戻ってきた。

「結城のお二人は湯屋に行かれました」

おそめが伝える。

「そう。帰りに寄ってくださるかしら」

「それとなく水を向けたら、来てくださりそうな感じでしたよ」

おけいがおちよに伝えた。

しだいに日が西に傾いてきた。長吉に続いて、今度は元締めの信兵衛がおもむろに腰を上げた。

「なら、そろそろ浅草へ戻るかね」

「おけいちゃんとおそめちゃんも上がっていいわよ。あとはお客さんが見えるかどうか分からないし」

おちよが言った。

「だったら、おしんちゃんに声をかけて、一緒に帰りましょう」

長屋で息子の善松が待っているおけいが笑顔で言った。

「今日は、おしんちゃんはどこです？」

おそめが元締めにたずねた。

「大松屋《おおまつや》だよ」

信兵衛が答えた。

ほかにも巴屋《ともえや》などの旅籠を持っている。一つの旅籠に入れきれないほどの客が来たら、ほかの旅籠にすぐさま回さなければあきないがたきに取られてしまう。横山町は旅籠の町だ。なかには繁盛しているのどか屋をねたんで、足元をすくおうと手ぐすねを引いている旅籠もあるから油断がならない。

そういったあきないがたきに客を取られないように、おしんのような掛け持ちの娘をつくって、いざというときにつなぎに動けるようにしてあった。さすがに何軒も旅籠を持っているだけあって、信兵衛はなかなかの知恵者だ。

「なら、一緒に帰りましょう」

おけいが言ったとき、千吉が猫を抱いて戻ってきた。

いちばん若いゆきが、わらべに抱っこされてきょとんとしている。

「えらいわね、千ちゃん」

おけいが声をかけた。

「かいだんにいたの」

「急なほうでしょ？」

「うん。よそのねこさんもいるよ」

旅籠の初めの階段が急すぎて、もう一つ楽なものをこしらえることになった。二つも階段があるから、ちょうどいい猫たちのお休み処《どころ》になっているらしい。

「そうそう。お客さん、やつしごっこ、してたよ」

千吉がだしぬけに異《い》なことを口走った。

「やつし？」

おちよが問う。

「うん。いつも平《へい》ちゃんがやってるやつ」

「いやに気安く呼ぶねえ、隠密廻《おんみつまわ》りの旦那を」

隠居が笑った。

うわさになっているのは、万年平之助《まんねんへいのすけ》同心だ。上役に当たる黒四組《くろよんぐみ》のかしらの安東《あんどう》満三郎《みつさぶろう》が日頃から「平ちゃん」と呼んでいるから、千吉も真似したらしい。さまざまなりわいに身をやつし、江戸の町場のほうぼうを探るのが万年同心のつとめだ。

「で、やつしごっこって何だ？」

昆布巻きをつくりながら、時吉がたずねた。

みんなかたずを呑んで、とは大げさだが、千吉がどう答えるか待った。

しかし、返ってきたのは思わずすべりそうな言葉だった。

「んーと……わかんない」

わらべは小首をかしげて言った。

三

「平ちゃんでいいぜ」

万年同心がさもおかしそうに言った。

「みんなそう呼びゃあいいさ」

上役の安東満三郎も笑う。

うわさをすれば影あらわる、とはよく言ったものだ。元締めと手伝いの女たちが浅草に帰り、珍しく隠居も早帰りをした。そして、日が暮れて千吉が二階の寝所に入ってほどなく、

「おう、今年も邪魔するぜ」

と、あんみつ隠密が手下の万年同心とともに入ってきた。

一枚板の席に腰を下ろし、千吉が「平ちゃん」と気安く呼んでいた話をいま聞いたところだ。

「お、うまそうな雑煮だな」

おちよが座敷へ運んでいく盆をちらりと見て、万年同心が言った。

「おつくりいたしましょうか」

座敷には野田の醬油づくりの主従が陣取っていた。

時吉が問う。

「そうだな。あったまりそうだ」

「安東さまは？」

「おれは安倍川《あべかわ》がいいな。甘《あめ》えやつ」

安東満三郎がそう答えたから、万年同心が思わず苦笑いを浮かべた。

名前を約《つづ》めたあんみつは、むろん食べ物のあんみつとも懸《か》けてある。食べ物は甘ければ甘いほどいいというのだから、よほど変わった舌の持ち主だ。甘いものを肴にいくらでも酒を呑めるという御仁は珍しい。

一方の万年同心は見かけより味にうるさく、なかなかに侮《あなど》れない味覚の持ち主だった。上役については、「あの旦那は舌が馬鹿だから」とひそかに陰口をたたいたりしている。

「手前どもがお先に頂戴して相済みませんです」

醤油の醸造元のあるじが一枚板の席に声をかけた。

「おう、いいってことよ。正月からあきないかい？」

あんみつ隠密が気安くたずねる。

「さようでございます。貧乏暇なしでございまして」

口ではそう言うものの、あるじの喜助の羽織は上等の紬で、羽振りはだいぶ良さそうだった。

「ですが、正月からこうして江戸見物もできるのでありがたいです」

番頭の留吉が言う。

「なら、さっそくいただきましょう、番頭さん」

あるじは待ち切れないとばかりに箸を取った。

ほどなく、万年同心にも雑煮が出た。

昆布と鰹節で引いた黄金色《きんいろ》の一番だしに、醬油と塩で味を調《ととの》えた江戸風のさっぱりとした雑煮だ。

餅は角餅。

両面を香ばしくぱりっと焼いて、椀になじむようにさっと湯にくぐらせてから入れるのが骨法《こつぽう》だ。

ほかに、丸い薄切りにした大根と人参、紅蒲鉾、戻した干し椎茸《しいたけ》、それに三つ葉にへぎ柚子《ゆず》。仕上げに削り節をふんわりと加えて餅の上で踊らせれば、彩りと風味豊かな雑煮の出来上がりだ。

「おいしいねえ、番頭さん」

醬油づくりのあるじが感に堪えたように言った。

「江戸に出てこないといただけない味ですね、旦那さま」

番頭もうなる。

「醬油の差し加減が絶妙だね。こりゃあ、うめえ。だれが食ってもうめえ雑煮だ」

万年同心も太鼓判を捺《お》した。

そうこうしているうちに、安東満三郎の安倍川餅もできた。

砂糖は貴重な品だが、師匠の長吉が砂糖問屋につてがあり、質のいいものをわりかた安く仕入れることができる。おかげで、あんみつ隠密に砂糖をふんだんに使った料理を供することもできるのだった。

「うん、甘え」

安東満三郎の口からお得意のせりふが飛び出した。

この御仁、普通の人の「うめえ」が「甘え」なのだ。

「旦那がたは、正月からおつとめでしょうか」

酒を注ぎながら、時吉がたずねた。

「そうなんだ、あるじ」

黒四組のかしらはすぐさま答えた。

上様《うえさま》の履物や荷物を運んだりするのがつとめの黒鍬《くろくわ》の者は三組まであるが、世に知られない四番目の組もある。

約《つづ》めて黒四組は、神出鬼没の影御用をつとめていた。そのかしらが安東満三郎だ。

諸国に出張《でば》って諸悪を追うこともあるため、江戸の町場がおろそかになりやすい。

そこで、町方ではなく黒四組に属する隠密廻りの万年平之助を手下に使っているのだった。

「関宿《せきやど》あたりから鬼怒川《きぬがわ》の川筋にかけて、ずいぶんと荒らしまくってる盗賊がいる。どうも八州廻《はっしゅうまわ》りじゃ埒《らち》が明かねえようだから、ちょいと助《す》けてくれと言われたと思いな」

座敷に客もいるから、声をひそめてあんみつ隠密は告げた。

「なるほど、八州さまでも埒が明かないと」

昆布巻きの具合を見ながら、時吉が言った。

八州廻りの正式な名称は関東取締出役《かんとうとりしまりしゅつやく》。町方の手が及ばないところで跳梁《ちょうりょう》する悪者を代官などと力を合わせて召し捕る役目だ。

「ま、八州にもいろいろあらあな」

上役から何か聞かされているのか、万年同心が肚《はら》に一物《いちもつ》ありげな顔つきで言った。

「で、その盗賊のねぐらなどは？」

時吉は問うた。

「そいつぁこれからだが、名前は知れてる。影殿《かげとの》の竜二《りゅうじ》っていう野郎だ」

「ずいぶんと妙な名前ですね」

「嘘か真《まこと》か知れねえが、世が世であれば殿様と呼ばれてた血筋で、そういうまるっきり盗賊には見えねえ面《つら》をしてるらしい」

「なるほど、それで『影殿』と」

時吉がうなずいたとき、のれんが開いて客が入ってきた。

「お帰りなさいまし」

おちよがそう声をかけたから分かった。

戻ってきたのは、結城の紬問屋の主従だった。

四

料理は次々に運ばれていった。

まずは、正月の縁起物の昆布巻きだ。

北国《ほっこく》から運ばれてきた恵みの昆布と身欠《みが》きにしんを使った、正月ならではのぜいたくな昆布巻きだ。干瓢《かんぴょう》できれいに結び、ほどよく煮てから味をなじませてある。

さらに、煮奴の鍋を運んだ。野田と結城、醤油と紬の主従に一つずつの鍋の中では、煮汁をたっぷり吸った木綿豆腐がいい按配に煮えていた。のどか屋の命のだしを使った、江戸ならではの甘辛い煮汁だ。

豆腐は縁あって仕入れている竹屋《たけや》のものを使っている。大豆のうま味まで分かる豆腐だというもっぱらの評判だった。

「あったまりますねえ、旦那さま」

番頭の留吉がうなった。

「こりゃあ、寒い時分にはこたえられませんね」

あるじの喜助は結城の主従に向かってほほ笑みかけた。

だが、何か心に引っかかりでもあるのか、紬問屋の主従ははかばかしい返答をしなかった。

「わたくしは紬が大好きでございまして。これはあいにく信州の上田《うえだ》の品で、そちらさまのものではないのですが」

醬油づくりのあるじは、なおもにこやかに語りかけた。

「さようですか」

結城の紬問屋のあるじは、ぶっきらぼうな返事をした。

宿帳に記されていた名がまことのものであるならば、あるじは水之介《すいのすけ》、番頭は野《や》十郎《じゅうろう》。あまり聞かない名前だった。醬油の醸造元の喜助と留吉と比べてみたら、その名の変わりぶりがよく分かる。

「おれも紬にはちょいとうるせえんだ。見本の生地を持ってるかい？」

一枚板の席から、安東満三郎が声をかけた。

あごがとがっていて顔が長い異貌だが、それぞれの造作はなかなかのもので、着ているものもなかなかに粋《いき》だ。芝居の主役は荷が重かろうが、ちらっと現れてすぐ消える役ならいいかもしれない。

「いや、こたびは……」

あるじの水之介は、そう答えたところでなぜか言葉に詰まった。

「大……旦那さまの命《めい》で、半ば忍びでまいったもので」

番頭の野十郎が代わりに答え、額の汗をちらりと手でぬぐった。

「そうかい、あきないじゃねえならしょうがねえな」

あんみつ隠密はあっさりと引き下がった。

その後も、醤油づくりの主従はしきりに話しかけたが、紬問屋のほうはほとんど乗ってこなかった。

ただし、じっとしていたわけではない。箸は動いていた。ことに、煮奴はどちらも気に入った様子だった。

「これなら、評判の豆腐飯もうまいであろう」

「はい」

そんな会話を交わしているのが、おちよの耳に届いた。

「江戸に出見世がおありなんでしょうか」

銚子の代わりを運ぶときに、おちよはさりげなくたずねた。

「なぜさようなことを」

あるじの水之介がいぶかしげな顔つきになった。

「旅籠の約を取りに見えたのがべつの方だったもので、江戸にも見世があるのかと思いまして」

おちよが言うと、番頭の野十郎はゆっくりとうなずいた。

「見世ではなく……」

そこで番頭も言葉に詰まった。

どうにも様子が変だった。江戸に出てきた紬問屋であるならば、もっと如才なくふるまうはずだ。

「では、これにて」

煮奴を食べ終えた主従は、あいさつもそこそこに腰を上げ、部屋へ戻っていった。

醬油の釀造元のほうは座敷に落ち着き、猫たちを代わるがわるにつかみ上げたりしながら機嫌よく酒を呑んでいた。

「なら、また常陸《ひたち》や下総《しもうさ》のほうへ出張ですかい？」

万年同心がそうたずねて、寒鰈の刺身に箸を伸ばした。

江戸前の旬の寒鰈は煮ても焼いてもうまいけれども、やはり刺身に優るものはない。万年同心は渋く煎酒《いりざけ》、あんみつ隠密はほとんど味醂だけの甘いたれで賞味している。

「おう。ちょいと八州の代わりをやんなきゃならなくなってな。江戸のほうは頼むぜ、平ちゃん」

上役が同心に酒を注ぐ。

「おつとめでお出かけですかい、旦那」

だいぶ酒が回ってきた喜助が、座敷から声をかけた。

「そうよ。物見遊山《ものみゆさん》ならいいんだけどな」

「野田にお立ち寄りの際は、亀甲丸大《きっこうまるだい》の花実屋《はなみや》へぜひお立ち寄りくださいまし」

「そうかい。ただで泊まらせてくれるかい？」

あんみつ隠密は半ば戯《ざ》れ言《ごと》めかしてたずねた。

「もちろんでございますよ。お代などは頂戴いたしません」

「何と言っても、花も実もある花実屋でございますから」

醬油の醸造元の主従は上機嫌で答えた。

「いいですねえ、旅も。ほうぼうからいらしたお客さんの話を聞くと、わたしも旅をしたくなりますよ」

おちよが言う。

「旅籠は任せてすりゃあいいじゃねえか、おかみ。千坊をつれてよ」

安東満三郎が気安く言った。

「そういうわけにもいきませんよ、旦那。あの子は足も悪いし」

おちよが左足にちらりと手をやる。

「ずいぶんと重くなってきたので、遠くまで背負って歩くわけにもいきませんからね。本当は千吉に旅をさせて、見聞を広めさせたいところなんですが」

厨から時吉が言った。

と、万年同心。

「そりゃあ、親心だな」

「こないだなんて、品川《しながわ》と江ノ島《えのしま》はどっちが遠いのかとか言い出す始末で」

時吉は苦笑いを浮かべた。

「はは、そりゃいいや。江ノ島のほうが近かったら、弁天様にお参りのし放題だ」

隠密廻りの同心が笑う。

「ほんとに、うちの近くでしか遊んでないもので、世の中がもっともっと広いってことが身にしみてわかるようにしてやらないとねえ」

おちよが軽く首をひねった。

「なら、わたくしどもがひと肌脱ぎましょうか」

こちらも座敷で寒鰈の刺身に舌鼓を打っていた喜助が、箸を置いて言った。

「と言いますと?」

おちよがすぐさま問う。

「こちらの坊やの足がお悪くたって、案内人をつけて駕籠や渡しを手配すりゃあいいでしょう」

「野田までですか?　それは大変なかかりになりますよ」

おちよが目を丸くした。

「いや、ものは相談なんですがね」

醬油づくりのあるじは、やおら座り直した。

「江戸にばかりいたら見聞が広がらないから、坊やに旅をさせたいといまおっしゃいましたが、それは野田にいるうちの者たちだって同じなんです」

「たしかに、年がら年中、醬油の仕込みをしてるわけですからね」

番頭が言葉を添える。

「で、うちの醬油はのどか屋さんのつてを得て、ありがたいことに問屋の安房屋《あわや》さんを通じて、江戸のお客さんたちにご愛顧をいただいております」

喜助は軽く両手を合わせた。

竜閑町《りゅうかんちょう》の安房屋は、先代の辰蔵《たつぞう》のころからののどか屋のなじみだ。季川と並ぶ常連の両大関だった安房屋の辰蔵は、のどか屋も焼け出された神田三河町《かんだみかわちょう》の大火で亡くなってしまったが、いまは息子の新蔵《しんぞう》が継いでむしろ身代《しんだい》を大きくしている。

「うちも、花実屋さんの味の濃い醬油を使わせていただいております。評判は上々ですよ」

時吉が笑みを浮かべた。

「ありがたく存じます」

喜助は頭を下げてから続けた。

「で、そういった手前どもの醬油が、江戸の一流の料理人さんの腕でおいしい料理になってお客さんの口に入っていることを、醬油をつくっている者たちは肌で知らないわけですよ」

そこでようやく話が見えてきた。

時吉とおちよの目と目が合う。

「なるほど」

あんみつ隠密もただちに呑みこんだ。

「野田まで案内して、出張料理をやってくれっていうわけだな。千坊は駕籠に乗っけて行きゃあ、見聞を広めるのにはうってつけの旅になる」

「そりゃ、うめえ話だ。渡りに船じゃねえか」

万年同心も乗ってきた。

「もちろん、こちらさまにもご都合がございましょうから、もし段取りが整《ととの》いましたらでようございますのですが」

喜助がていねいな口調で言う。

「おいしい江戸の料理なんて、手前はこうして番頭になって初めて味わえるようになったもので」

留吉はしみじみと言って、残った寒鰈の刺身に箸を伸ばした。

「あの子のためになるのなら……」

おちよはいくらか思案してから言った。

「わたしはのどか屋の留守番でいいわよ。おしんちゃんに詰めてもらえれば旅籠のほうはなんとかなるし、おまえさん、いずれ行っておいでよ」

「そうかい……まあ、急な話だからな」

時吉は思案げな顔つきになった。

「まだ年が始まったばかりで、雪が降ったりして足止めでも食ったら坊やが大変です。陽気のいい春先にでもお越しいただければと」

「野田でもいい桜が咲きますので」

醤油づくりの主従がここぞとばかりに言った。

にわかに降ってわいたような話だったが、それはのどか屋の二人の頭にたしかな根を下ろした。

第三章　江戸焼き飯

一

「はい、豆腐飯お待たせいたしました」

おちよが膳を座敷に運んでいった。

「おお、来た来た」

「見ただけでよだれがたれそうですね、旦那さま」

野田の醤油づくりの主従が笑顔で受け取る。

「こちら、いまできますので」

時吉は檜の一枚板の席に声をかけた。

そこに陣取っているのは、結城の紬問屋のあるじの水之介と番頭の野十郎だった。

昨日は座敷で相席だったが、話しかけられたりするのが億劫《おっくう》なのかどうか、けさは迷わず一枚板の席に座った。

のどか屋の朝膳は多めにつくる。泊まり客ばかりでなく、朝の早いあきないの者たちにも、豆腐飯は好評だった。

棒手振《ぼてふ》りや荷車引きなど、これからあきないに出かける者たちは長居をしない。のどか屋名物の豆腐飯と味噌汁を「うめえ、うめえ」と言いながらわっとかきこむと、銭を置いてさっと出て行く。おかげで、うまい具合に席が回っていった。

なかには銭の代わりに野菜などの売り物を置いていく客もいる。そういった思わぬ仕入れ物が、昼からの二幕目に活かされることも間々あった。

「お待たせいたしました」

一枚板の席に、時吉が豆腐飯の膳を出した。

「ほう、豆腐飯だけではないのだな」

紬問屋のあるじとは思えない口調で、水之介が言った。

「はい。朝獲《と》れの魚と、畑の物の味噌汁も付けさせていただいております」

時吉が答える。

今日は寒鰈の塩焼きに、根菜と油揚げの味噌汁を付けた。主役が豆腐だから、味噌汁に豆腐は入れず、大根と人参を配している。身の養いにもなる朝の膳だ。

「まずは豆腐だけ、匙ですくってお召し上がりくださいまし」

おちよが笑顔で言った。

結城の紬問屋の主従は言われたとおりにした。

「こっちはもう、まぜていただいております」

「味のしみた豆腐と飯がまじりあって、ほんにえもいわれぬ味でございますね」

「いや、口福《こうふく》、口福」

野田の醬油づくりの主従はすっかりご満悦だ。

初めは硬かった結城の二人の顔も、匙と箸を動かすにつれてだんだんにほころんでいった。

「これは評判どおりでございますな。おいしゅうございます」

野十郎が声を落として言う。

「うむ。大旦那さまも、さぞやお気に召すであろう」

「豆腐がお好きでございますからな」

「さっそく、お伝えしてくることにいたそう」

あるじの水之介はそう言って、また匙を動かした。

二

野田の醬油づくりの二人は、安房屋などの得意先に年始のあいさつ回りに出かけていった。

あとで起きてきた千吉に野田へ旅に出かける話をしてみたところ、わらべは二つ返事で乗ってきた。

ただし、野田がどこにあるのかは知らなかったようで、

「あさくさのじいじのとこより、ちょっととおい？」

と、小首をかしげながらたずねたから、のどか屋にまた和気が満ちた。

一方、結城の紬問屋の主従というふれこみの二人は、豆腐飯の朝膳を食すと、そそくさと身支度をして帰って行ってしまった。おちよがそれとなくたずねてみたが、べつにこれから得意先へ年始回りというわけでもないらしい。

ただし、豆腐飯については、帰りぎわにいま一度、事細かにたずねていた。

昼から来てもまだ残っているか、日によって仕込みの量が違ったりするか。

なぜそこまで細かく問うのか、おちよも時吉も腑に落ちない思いがした。

腑に落ちないといえば、結城の二人の身元だ。

「あの子の勘が鋭かったのかもしれないわね」

短い中休みを終え、二幕目に備えて拭き掃除をしながらおちよが言った。

「やつし、か」

仕込みの途中の時吉が答える。

「ええ。とても紬問屋の人には見えなかった」

「じゃあ、隠密廻りか何かでしょうか」

同じように掃除の手を動かしながら、おけいが問う。

「さあねえ」

おちよは首をかしげた。

「結城から来たことには間違いがなさそうなんだが」

蕪《かぶ》の皮をむきながら、時吉が言った。

「言葉の調子で?」

「そうだ。まさか、あんみつの旦那が言ってた盗賊じゃあるまいが」

「とても盗賊には見えない、殿様のような悪者だっけ」

おちよが眉をひそめる。

「影殿の竜二、とか言ってたな」

と、時吉。

「そんな盗賊に、ここが狙われたりしているんでしょうか」

おけいが少しおびえた顔で土間を指さした。

「まさかそんなことはないと思うけど。千吉が言ったとおり、あの人たちは紬問屋じゃないわね。あきんどに付き物の腰の低さがなかった。野田のお醬油づくりさんと比べてみたら、すぐ分かるわ」

おちよは身ぶりをまじえて言った。

「やつし、だな」

時吉はそう断を下した。

「千吉はおまえに似て勘の鋭いところがあるから、まず間違いないだろう」

「じゃあ、何のために？」

おちよが問う。

「のどか屋が狙われたりしてるんじゃないでしょうね」

おけいが重ねて言った。

「そこまでは分からないが」

時吉は腕組みをした。

さすがにひと晩泊まっただけで風のように去って行ったから、どういうわけがあるのかは察しがつかなかった。

だが、のどか屋が狙われていたことだけはたしかだった。

三

しばらくは何事もなく、平穏に日々が過ぎた。

江戸で大雪が降ったり、音羽《おとわ》のほうで火事があったりしたが、少なくとも横山町の暮らしは穏やかだった。

「こっちのほうも、みんな達者だよ」

一枚板の席で元気な声が響いた。

岩本町《いわもとちょう》の湯屋のあるじで、お祭り男の寅次《とらじ》だ。のどか屋が焼け出されて横山町へ移ってからも、こうして折にふれて顔を出してくれる。

「『小菊《こぎく》』も繁盛してますか?」

おちよが問う。

寅次の娘のおとせと吉太郎《きちたろう》が切り盛りしている、いまや岩本町の顔と言ってもいい見世だ。元はのどか屋だったところにのれんを出した「小菊」の細工寿司とおにぎりは、遠くからあがないに来る客も多い。

「もちろんさ。孫もずいぶん言葉が増えてきてよ」

寅次の目尻にいくつもしわが寄った。

「ほんと、二言目《ふたことめ》には『岩蔵《いわぞう》が、岩蔵が』なんですから」

隣に座った野菜の棒手振《ぼてふ》りの富八《とみはち》が言う。

のどか屋は江戸前の魚もうまいが、野菜の料理も美味だ。豆腐もそうだが、いろいろな仕入れ人の力が寄り合わさって、のどか屋の評判を支えてくれている。新鮮な野菜を届けてくれる富八もその一人だった。

「ときに、そろそろ梅も見ごろの時季になってきたけど、千坊の旅の段取りのほうはどうなんだい？」

いちばん奥に陣取った隠居がそうたずねて、平貝《たいらがい》の二種盛りに箸を伸ばした。

「ああ、先だって、ちらっと同じ野田の人が来て、お醬油屋さんの文《ふみ》を届けてくださったんですよ」

おちよが答えた。

「ほう、それで？」

隠居はまず粕漬けを口中《こうちゅう》に投じた。

酒粕に平貝の身を埋めこんで一日おき、薄いそぎ切りにすると、こりこりとしたうまい酒の肴になる。

「道中にもう雪などは残っていないので、そちらさまの支度が整えば、いつなりともご案内させていただきますと、恐縮するほどごていねいな文で」

おちよは文を押しいただくしぐさをした。

「なら、ゆっくりもしていられないね」

湯屋のあるじが二種盛りのもう一つのほうを箸でつまんだ。

こちらは乱れ焼きだ。

薄皮を取った平貝に細かい包丁目を入れる。縦と横に幾筋も刻みつけるが、深く入れるのがこつだ。これによって、ぐっと味がしみる。

酒塩《さかじお》に漬けて味のしみた平貝を網焼きにする。身が硬くならないように焼き加減に気をつければ、これまた恰好の酒の肴になる。

「あの子はすぐにでも行くと言ってるんですけどねえ」

おちよが苦笑いを浮かべた。

すでに日は落ちているから、千吉はもう二階へ上がった。このあいだ話し声がすると思ったら、旅籠のお客さんに勧められるままに部屋へ上がりこんで一緒においしそうにせんべいを食べていた。客に文句を言うわけにもいかず、どうもあのときは困ったものだ。

「野田の醬油づくりのみなさんに、『これぞ江戸の料理だ』というものを召し上がっていただかなければなりませんから、献立を十分に考えてからにしませんと」

時吉は引き締まった顔つきで言った。

「料理のお代として、道案内をしてもらうようなものだからね」

と、隠居。

「それに、近々、宴もありますし」

おちよが言い添える。

「例の宴だね。大和梨川藩のご常連のお二人も、勤番を終えて晴れて国表《くにおもて》でご出世だ。ちょいと寂しくなるけど、おめでたい話じゃないか」

隠居が笑みを浮かべた。

「そりゃ、ぱあっとやらないとね」

寅次が身ぶりをまじえる。

「でも、お武家さまだけでやられるんでしょう？　岩本町のお祭り男の出る幕はないでしょうに」

野菜の棒手振りがすぐさま言う。

「相済みません。あとを引き継ぐお武家さまたちも見えるそうなので」

おちよがすまなさそうに言った。

「それに、安東さまや万年同心も来られることになっておりまして」

時吉も和す。

「ああ、べつにおいらが手を挙げたわけじゃないんで」

寅次はあわてて言った。

「それに、ただでさえかかあに角《つの》を出されてるんで」

と、また手が動く。

「今日もお忍びなんですよ」

富八が小声で言ったから、のどか屋に和気が満ちた。

「ま、わたしは元武家ってことで、末席を汚させていただくよ」

隠居が言った。

「ご隠居は何でまたお武家さまをやめたんです？」

湯屋のあるじは単刀直入にたずねた。

「一つの理由《わけ》でやめたんじゃなくて……」

隠居は猪口の酒を呑み干してから、さらに続けた。

「まあ、せんじつめれば、無常を感じたんだな」

隠居はいくらかあいまいな顔つきで言った。

時吉は厨でうなずいた。

無常を感じて刀を捨てたのは、時吉も同じだった。いまは包丁に持ち替えて心底良かったと思っている。

刀は人を殺《あや》める。刀に頼る世の中はろくなものではない。

包丁も生《しょう》のものを殺めるが、正しく成仏《じょうぶつ》させ、おいしい料理にすれば、食べた人に形を変えて伝えられていく。

「無常って、どういうことだったんです？　ご隠居」

寅次が身を乗り出してきた。

「いや、むかしの話だからね。聞いて面白いことでもないし」

季川はうまくはぐらかした。

時吉もくわしいいきさつは聞いていないが、だいぶ前に酔って話しかけたところから察するに、どうやら御家騒動に巻きこまれて侍に嫌気がさしたらしい。時吉の場合もそうだったから、若かりしころの隠居の気持ちはよく分かった。

「ま、おいらが無常を感じてたら、お客さんは困っちまうな」

湯屋のあるじが戯れ言めかしてそう言ったから、おちよは思わず笑い声をあげた。

「何か悪いもんを食ったんじゃねえかと思いますぜ」

野菜の棒手振りが言う。

「そんなわけで、昔話はこのへんで打ち切りだね」

隠居がさっと幕を引いた。

四

それからいくらか経ったとある夕べ、のどか屋の見世先にこんな貼り紙が出た。

本日、小りやうり、かしきりです

貸し切りとは、ほかでもない。原川新五郎と国枝幸兵衛、のどか屋の常連だった勤番の武士たちの送別の宴だ。

泊まり客には申し訳がないが、座敷も一枚板の席も貸し切りにして、心づくしの料理を出すことにした。

「まあ、わしらよりしっかりした若いもんが引き継ぐさかい、今後もわが藩をよろしゅう頼むで」

原川新五郎がそう言って、下座に並んだ二人の武家を手で示した。

何がなしにでこぼこしたところまで引き継がせたわけでもあるまいが、背丈に差のある武家たちだった。

すらりと背の高いほうが杉山勝之進《すぎやまかつのしん》。家中でも一、二を争う剣の遣い手で、ずいぶんと容子《ようす》もいい。出迎えたおけいとおそめが思わず顔を見合わせたほどだった。

もう一人、小柄なほうが寺前文次郎《てらまえぶんじろう》。こちらは硝子《ガラス》の厚い眼鏡をかけている。

聞けば、囲碁の名手で家中では敵なしの腕前らしい。剣術などは見るからに不得手そうだが、知恵の回る男だということはすぐさま察しがついた。

「宿直《とのい》の弁当の注文などに寄らせていただきますので」

杉山勝之進は涼やかな声で言った。

「どうかよしなに」

おちよはそう答え、また一つ、座敷に大皿を加えた。

「なんや、婚礼みたいやな」

原川が戯れ言を飛ばす。

「おぬしと夫婦になるのか。そら、気色《きしょく》の悪い話や」

さも嫌そうに国枝が応じたから、一枚板の席からも笑いがわいた。

隠居の季川にあんみつ隠密、それに万年平之助同心、おなじみの面々が顔をそろえている。

送別とともに出世祝いの宴でもある。この日のために、のどか屋の二人は献立を思案してきた。

まずは、おめでたい鯛の浜焼きだ。うねり串を按配よく刺し、尾鰭《おひれ》に塩をしてこんがりと焼き上げる。

婚礼料理に出されるものは、箸をつけずに折詰にして持ち帰るのが常だが、今日はもうほうぼうから箸が伸びていた。

車海老は巧みに開いて矢羽根《やばね》の形にしてあった。武運長久《ぶうんちょうきゅう》を祈る縁起物だ。白身魚のすり身をつけて蒸せば、色合いも鮮やかな椀種《わんだね》になる。

衣《ころも》をつけて揚げてもうまい。ことに、あられを細かく砕いて衣に使った揚げ物は、さくさくしていて香ばしいと、ことのほか評判が良かった。

「どの料理もおいしいですね。これから楽しみでございます」

まだよそいきの口調で、寺前文次郎が言った。

「大和梨川へ帰ったら、こういう魚は食われへんさかいに」

国枝幸兵衛が箸で示したのは、あいなめの山椒焼きだった。

ていねいに骨切りをしたあいなめの身に縦串を打ち、醬油と味醂に粉山椒を加えたたれをかけながら焼く。仕上げにたたいた木の芽を振れば、江戸前の魚を江戸の味付けで仕上げた一皿の出来上がりだ。

「このつくりもうまいで」

原川が口に運んだのは、星鰈《ほしがれい》の薄づくりだった。

ほかに、牡蠣《かき》の時雨《しぐれ》煮や平目の梅肉漬けなど、盆地に帰ったら味わえない料理をもっぱら出すことにした。ひょっとすると、これが江戸の料理の食べ納めになってしまうかもしれないからだ。

「ところで、大和梨川の国情のほうはどうなんだい？」

安東満三郎が機を見て単刀直入にたずねた。

「まあ、御家騒動などは起こりそうもないんやけどなあ」

原川新五郎はややあいまいな顔つきで答えた。

「田畑の収穫のほうがいま一つで、あんまり貯えもないらしいんで」

国枝幸兵衛が箸を置いて言う。

「なるほど。ひとたび凶作になったら心配だな」

あんみつ隠密が腕組みをする。

「そのとおりで。ま、あるじも知ってのとおり、大和梨川は茶粥《ちゃがゆ》で有名やさかい」

原川がそう言って、わずかに唇をゆがめた。

「銘茶があるのかい」

万年平之助が短く問う。

「なんの。米を食うのがもったいないさかい、せいぜい茶でのばして薄うして腹を満たすんや」

「貧乏臭い話やで」

二人の勤番の武士たちは苦笑いを浮かべた。

「うちでは、だせないよ、そんなの」

まだ暮れきっていないから隠居の隣にちょこんと座っている千吉が、大人びた口調で言った。

思わず笑いがわく。

「そやな。大和梨川の茶粥なんか出したら、のどか屋はすぐつぶれてまうで」

「二代目はよう分かってる」

勤番の武士たちはさもおかしそうに言った。

その後も次々に料理が運ばれていった。

狐色になるまでゆっくりと揚げてから甘辛い味を含ませた鱚《きす》の揚げ煮は、頭からがぶりと食すとうま味が五臓六腑《ごぞうろっぷ》に広がる。細魚《さより》の渦づくりは、昆布じめにした細魚を巧みに渦に見立ててつくった手わざが光るひと品だ。料理が運ばれるたびに、座敷にも一枚板の席にも歓声がわいた。

「食べたもんは身の養いになるて言うけど、それだけやないな」

原川新五郎がそう言って、謎をかけるように杉山勝之進の顔を見た。

「身の養いのほかに、何かがあると」

涼やかな顔の剣士は、いま一つ腑に落ちないという顔つきだった。

「文次郎はどや。分かるか」

今度は碁の名手にたずねた。

「食べたものは……思い出になるのではないでしょうか」

寺前文次郎がいささか自信なさげに言った。

「そや」

原川新五郎がひざを打った。

「なるほど、うまいこと言うな」

国枝幸兵衛も感心したように言った。

「いまこうやって、別れの宴ちゅうことで、のどか屋の座敷でうまいもんを食わしてもらってる。江戸前の魚は食い納めになるかもしれんさかい、鯛をはじめとして、いろいろ出してもろた」

ほうぼうから酒を注がれて、だいぶ赤くなってきた顔で、偉丈夫の原川は言った。

「その一つ一つが、思い出に変わっていくねん」

「役がついて大和梨川に戻ったら、この先、ろくな食べ物もない田舎に骨を埋《うず》めるしかないわな。ほんで、いまわのきわに思い出すねん。『ああ、むかし、江戸ののどか屋でうまいもんを食うた』と」

貧相な国枝幸兵衛がいやにしみじみと言った。

「そんな後ろ向きなことでは。お役がついてるんですから、殖産に励んで、たんと産物が穫れるようにつとめられたら、江戸から料理人を招いたりできますよ」

隠居が風を送った。

「さすがはご隠居。いいこと言うぜ」

あんみつ隠密がすかさず言う。

「江戸だって、初めはひでえとこだったんだから」

万年同心が、大昔から住んでいるみたいな顔で言った。

「そやなあ。治水を兼ねてため池でもつくってみたらどやろと思う」

「それは急所をついた良い手かもしれませんね、原川様」

寺前文次郎が囲碁になぞらえて言った。

「貧乏な田舎の小藩やと思てるさかいにあかんのやな。貯えがなかったら、知恵を出したらええねん」

国枝幸兵衛が小鬢《こびん》をちらりと指さした。

「そうそう、その意気でございますよ」

と、隠居。

「そのうち、人もうらやむような実り豊かな藩になるだろう。おれもこそっと忍んで行くよ」

安東満三郎が笑みを浮かべた。

そんなやり取りを、時吉は感慨深げに聞いていた。

原川新五郎と国枝幸兵衛がいなかったら、いまのおのれはなかった。小料理のどか屋ものれんを出せなかっただろう。そう考えると、勤番を終えて田舎へ戻る二人は命の恩人ともいえた。

いまは亡き殿のために料理をつくりに行ったときも、ずいぶんと世話になった。その道中のことも、あれやこれやと数珠《じゅず》つなぎになって思い出されてきた。

そう考えているうちに、ふと思案が浮かんだ。

「大和梨川でもつくれる江戸の味をお教えしましょうか」

時吉は厨から声をかけた。

「おう、そんなんがあるんか」

原川がすぐさま乗ってきた。

「なに、種を明かせば大したものではないんですが、いつもまかないでつくってる焼き飯です」

「ああ、のどか屋の焼き飯は絶品やさかいに」

国枝も乗り気で言った。

「承知しました。本当に簡単ですから」

時吉はそう言って、座敷にも見えるように材料などを示しながら焼き飯をつくっていった。

「玉子があれば、初めに飯とまぜておきます。冷えた飯でもいっこうにかまいません」

「玉子は貴重な品やさかい、なかなか手に入らへんと思うで」

国枝が言った。

「その場合は、飯だけでようございます。刻み葱は炒めると香りが出ますから、必ず入れるようにしてください」

「葱なら田舎でもあるな」

と、原川。

「具はありもので結構です。今日は紅白の蒲鉾をつくったので、それを刻み、干物と合わせて焼き飯に入れます。小口切りにした葱をまず炒めて香りが出たら、このように具を投じ入れ……」

時吉は手本を示しながら説明を続けた。

その手元を、瞳を輝かせながら千吉が見守っている。

「それから、飯を入れて鍋をゆすりながら豪快にまぜていきます。もちろん、菜箸《さいばし》などを使ってゆっくりやっていただいてもかまいませんので」

「わしらが真似したら、焼き飯が飛んでなくなってまうで」

「ほんまや」

原川と国枝が笑う。

「あとは味つけです。塩胡椒をして、濃口醤油を回しかけます」

使い勝手がいいように小ぶりの急須《きゅうす》に移し替えた醤油を、時吉は鮮やかな手つきで回しかけた。

「いいかおりがしてきたよ、おとう」

千吉の声が弾んだ。

「江戸は濃口ですからね」

きりっとした眉の杉山勝之進が、姿勢を崩さずに言った。

「そや。濃口醤油くらいは仕入れられるやろ」

「わざわざ仕入れんでも、樽ごと持って帰ったらええねん」

「では、安房屋さんにお伝えしておきましょう」

おちよがすかさず言った。

「これも何かの縁ですから、千吉を連れて行くことになっている野田の花実屋さんの醤油にいたしましょう」

時吉も案を出して、ただちに話がまとまった。

「お待ちどおさまです」

端のほうに控えていたおけいとおそめも手伝い、座敷に皿を運んでいった。

「のどか屋名物の江戸の味……ただの焼き飯でございます」

おちよがそう言って笑いを誘う。

「ただの焼き飯やとしまらんな」

「江戸焼き飯、でええやろ」

名前はそう決まった。

「おお、うまい。醤油のちょっと焦げたとこがたまらんな」

原川新五郎がうなった。

「初めに葱、仕上げに胡麻。そこだけ押さえたらええわけやな」

「あとは塩胡椒と濃口醤油」

「江戸の味や」

国枝幸兵衛は感慨深げに匙を動かしていた。

皿の焼き飯があらかたなくなったとき、だしぬけに千吉がわんわん泣きだした。

「どうした、千吉」

時吉があわてて声をかける。

「だって、おじちゃんたち、いなくなっちゃうよ」

そう言って、小さな手の甲で涙をぬぐう。

「おお、わしらのために泣いてくれるのか、千坊」

原川が目をしばたたかせた。

「そやけど、それやったら墓へ入るみたいやな」

国枝が戯れ言めかして言った。

田舎へ帰る勤番の武士たちは目配せをして立ち上がり、わんわん泣いている千吉のもとへ歩み寄った。

「泣かんとき、千坊」

原川がやさしく声をかけた。

「大《お》っきなるんやで。おとっつぁんより大っきなって、ええ料理人になるんや」

国枝が頭をなでてやると、千吉はやっとこくりとうなずいた。

「わしらは浮世のしがらみで大和梨川へ帰るけどな、あとはあのお兄ちゃんらが代わりに遊んでくれるさかい」

原川が座敷を指さす。

寺前文次郎がにこっと笑って手を振った。笑うと眼鏡がかえって愛嬌になる。

「剣術をやるんやったら、稽古もつけてくれんで」

国枝の言葉を受けて、杉山勝之進が竹刀を構えるしぐさをした。

「お頼み申す」

と、白い歯を見せる。

それやこれやで、千吉も泣き止み、笑みも浮かぶようになった。

「では、宴もたけなわですが、餞《はなむけ》といえば、やはり師匠に一句詠んでいただきませんと」

おちよが水を向けた。

「よっ、待ってました」

安東満三郎がすかさず拍手をする。

「いよいよ真打ちの登場ですね」

万年同心も和す。

「こりゃ、荷が重いね」

そう言いながらも、まんざらでもなさそうな顔つきで、隠居は筆を執った。

そして、例によってうなるような達筆でこうしたためた。

いづかたも江戸の味なり春の水

「どこへ行っても、水が流れていない土地はない。その流れを見たら、なつかしい江戸の味を思い出しておくれでないか」

発句《ほっく》の講釈も兼ねて、隠居は温顔で言った。

「ありがたいことで」

原川がひざに手を置いて一礼する。

「江戸へ行かんでも、水の流れをながめたら味がよみがえってくるわけやな」

国枝がしみじみと言った。

「暇があったら釣りに行って、江戸の味を思い出そやないか」

「そやな。それがええ」

送られる二人の武家は互いにうなずき合った。

「なら、おちよさん、これにうまく付けておくれ」

季川から弟子のおちよへ、筆が渡った。

「さあ、どうしましょう……」

困った顔はつくっていたが、句はもう思いついていた。

おちよは短冊にそれをしたためた。

大和梨川里の実りよ

発句の春の「水」は大和梨川の「川」へと注ぎこんでいた。

江戸から大和梨川へ、ひとすじの水が流れていく。

「ええ句や」

原川新五郎が感に堪えたように言った。

「御城に飾ってもええくらいやな」

のちに、国枝幸兵衛の言うとおりになった。

大和梨川城のさほど立派ではない天守閣の端のほうに、さりげなくおちよの短冊が掲げられた。

詠《よ》み人知らずの短冊が貼られたその場所からは、いちめんに広がる里の田畑と人家が見えた。

ため池の大普請《おおぶしん》などの甲斐あって、田には黄金色《こがねいろ》の稲穂が実った。
悦《よろこ》ばしき里の実りは、その後も長く続いた。

第四章　白魚の天麩羅

一

大和梨川の二人は、滞《とどこお》りなく田舎へ旅立っていった。

それからまもないある日のこと、朝膳がそろそろなくなるかという頃合いに、のどか屋の前に駕籠が止まった。

町人が用いない黒塗りの棒の駕籠が止まるのは、かつてないことだった。何事ならんとおちよが出てみると、駕籠は二挺《にちょう》あり、前のほうから見憶えのある二人連れが下りてきた。

結城の紬問屋のあるじというふれこみの水之介と、番頭の野十郎だった。

「さ、大旦那様」

「お手を」

二人は気遣わしげに後の駕籠へ歩み寄った。

ややあって、大儀そうに白鬢《はくびん》の小柄な老人が姿を現した。

番頭が手を貸そうとするのを断り、ゆっくりと腰を伸ばす。

「豆腐飯はあるか、おかみ」

あるじの水之介が歩み寄り、口早にたずねた。

「はい、残っております。ようこそのお越しで」

ただならぬ気配を感じつつも、おちよは頭を下げた。

「しばしここで待っておれ」

番頭は駕籠かきたちに声をかけた。

「へい、承知」

「ごゆっくり」

先に銭をもらっているらしい駕籠かきたちは、打てば響くように答えた。

かなりの高齢と見受けられる「大旦那」は、きめの細かい結城紬の着物と羽織と帯を身につけていた。日の光を受けると、ひときわ色合いが美しくなる高級な品だ。

「いま畳をお拭きしますので」

座敷の片付け物をしていたおけいがあわてて言った。

のどか屋の朝膳は今日も人気で、泊まり客ばかりでなく大工衆も食べにきてくれたのだが、そそっかしい若い見習い大工がうっかり椀をひっくりかえしてしまった。

「しばしお待ちください、大旦那様」

息子にしてはあまり顔が似ていないあるじが言った。

「うむ」

大旦那は短く答えた。

どこか悪いところでもあるのか、いま一つ顔色が芳《かんば》しくない。立っているのもいささか大儀そうだった。

「お待たせいたしました」

「お座敷へどうぞ」

おちよとおけいが、身ぶりとともに示した。

結城の紬問屋というふれこみの面々は、座敷に腰を下ろした。

奥の上座が大旦那、手前にだいぶ下がってあるじと番頭が控えている。普通ならいま少し間合いを詰めるものだが、ずいぶん間が空いていたのでおちよとおけいが思わず顔を見合わせたほどだった。

ちょうど旅籠の客が出立するところだった。まずはそちらに礼を言って、見送らなければならない。

「こっちはやるから」

時吉が手を動かしながらおちよに言った。

「あいよ」

おちよが動き、おけいが続く。

なにぶん旅籠付きの小料理屋だから、二つの客が重なるときはばたばたさせられる。まあしかし、これもまた客あきないの張り合いの一つだ。待てど暮らせどお客さんが来ないよりは千倍も万倍もいい。

「豆腐飯の朝膳、お待たせいたしました。まずは大旦那さまから」

時吉はほかほかと湯気を立てているものを座敷へ運んでいった。

名物の豆腐飯のほかに、鯛の煮付けと青菜の浸し物、それに根菜の味噌汁がつく。これを目当てに泊まる客も数多い、のどか屋自慢の朝膳だ。

「おお、これが……」

大旦那がのぞきこむ。

「始めは豆腐を匙ですくって召し上がっていただき、頃合いを見てごはんとまぜていただければと」

　手短に食べ方を伝えると、時吉は邪魔にならないように厨へ戻っていった。

「またのお越しを」

「お待ちしております」

　表でおちよとおけいの声が響いた。

　女たちはほどなく戻ってきた。座敷をついと見やると、大旦那の顔に笑みが浮かんでいた。

　ひと目見ただけで分かる。わざわざ足を運んでくださった客人は、のどか屋の豆腐飯をいたくお気に召したのだ。

「おいしゅうございますな、大旦那様」

　紬問屋のあるじが言った。

「うむ」

　大旦那が満足げにうなずく。

「煮付けも味噌汁も、素朴ながら美味でござります」

　番頭があきんどとは思えない口調で言った。

　あまり健啖《けんたん》には見えない大旦那だが、鯛はいくらか残したものの、豆腐飯はきれいに平らげた。

「美味であった」

大旦那は満足げに言うと、ふところから小ぶりの手ぬぐいを取り出した。どこかで見たような家紋が入っている。

「茶を、たもれ」

おちよに向かって言う。

「はい、ただいまお持ちいたします」

ややあって、おちよとおけいが湯呑みを盆で運んでいった。

「それにしても、美しいお召し物でございますね」

おけいが感に堪えたように言った。

あるじと番頭の着物もいいが、大旦那がまとっているものはさらに上物で、まるで後光が差しているかのようだった。

「はるか太古より、わが結城の里では織物が盛んであった」

往時から生きてきたかのような口ぶりで、大旦那は言った。

美濃《みの》の国から常陸《ひたち》へ移り住んだ多屋命《おおやねのみこと》は、結城紬のもととなる織物を始めた。鬼《き》怒川《ぬがわ》の水の恵みを受けた結城地方は桑の生育に適しており、養蚕《ようさん》が盛んに行われるようになった。

蚕《かいこ》が生み出した繭《まゆ》を広げて真綿《まわた》にし、手でじっくりとつむいだのが結城紬だ。一本ずつていねいに糸をつむぎ、繊細な工程を経て、古くから伝わる地機《じばた》と呼ばれる織《しょっ》機《き》で心をこめて織り上げられていく。

一反《いったん》の結城織ができるまでに、早い人でもひと月がかかる。最も高級な細工物になると、気が遠くなるような手間暇がかかる。

こうしてできあがった結城織は、風合いが実に上品で美しく、袖を通すごとに味わいが深まっていく。親から子へ、そして孫へ。結城織の着物は三代にわたって受け継がれていく。

「ほんに、わたしも一着、欲しいくらいです」

おちよは素直に思ったことを口にした。

紬問屋であれば、

「それでは、このような品はいかがでございましょうか」

と、ここぞとばかりにあきないを始めたりするところだが、あるじも番頭も悠然と茶を呑んでいた。

むろん、大旦那もそうだった。

「結城に帰れば、また一つ楽しみが増えるのう」

そんな謎めいたことを口走り、またゆっくりと茶を啜る。

「そういたしますと、また城下にて新たな見世を？」

あるじの水之介がいくらか声をひそめてたずねた。

「そういうことになろうかの」

と、大旦那。

「あまり目立つものを手広くやられましても、その……」

「分かっておるわ」

大旦那はいくらかうるさそうにあるじの言葉をさえぎった。

「なかには、うとましく思う者もおろう。当てつけがましいことはせず、江戸でおとなしく隠居をしておれ、とさだめし息《そく》も思うておろう」

大旦那は苦《にが》い表情で言った。

「たしかに、せっかく江戸に隠居所を構えられたのだから、と考える者たちもおりましょう」

実の息子のはずのあるじが、いささか腑に落ちないことを口走った。

「されど……まあ、よい。つまらぬ愚痴になる。せっかくの豆腐飯の後口《あとくち》が悪うなる」

　大旦那はそう言うと、身ぶりでもう一杯茶を所望した。

「ただいまお持ちいたします」

　おちよがすぐさま動いた。

「すまぬの」

　どこか達観したようなところがある大旦那は、短く礼を言った。

　茶が来た。

「の」と記されている湯呑みをあらため、ゆっくりと茶を啜る。

「のどか屋とは、よい名じゃのう」

　いやにしみじみとした口調で、大旦那は言った。

「さようでございますな」

　と、あるじ。

「次はもそっとゆっくり、泊まりがけで来たいものじゃ」

　結城の紬問屋の大旦那は、そう言うと一つ太息《ふといき》をついた。

二

どこか謎めいた結城の一行がのどか屋を訪れた翌日、今度は野田からの使者が来た。醬油づくりの番頭の留吉だ。時吉と千吉を野田まで案内する段取りを整えるためだった。

「醬油蔵の裏手には土手がずっと続いておりまして、毎年、みなで花見をさせていただいております。それに合わせてお越しいただければ、ちょうど按配がよろしかろうと存じまして」

留吉は笑顔で言った。

「では、花見のお重《じゅう》をおつくりいたしましょう」

時吉もそれは思案していたから、渡りに船の申し出だった。

「うちで働いている者たちも喜びます。つきましては、本来ならあるじがお願いに参らねばならないところなのですが、あいにく野田を離れるわけにまいらず、手前が名代《みょうだい》で罷《まか》り越した次第でございます。で、包丁などはむろんご持参いただくことになりますが……」

醤油づくりの番頭はよどみなく言って、ふところから巻紙を取り出した。

「手前どもの厨でも、まかないの料理などは日々つくっております。そこで、どのような道具を使えるか、また、調味料には何があるかといったこまごましたことを、あるじの命《めい》で書きつけてまいりました。不足のものだけをお持ちいただければ、多少なりとも旅の荷が軽くなるのではなかろうかと」

留吉は立て板に水で言った。

「それはそれは、ありがたく存じます。助かります」

時吉が笑みを浮かべて答えた。

「気が利くねえ」

一枚板の席で呑みはじめていた隠居も温顔を崩す。

「あきないがら、こういった段取りを思案するのは得手《えて》でございますから」

「なら、こちらも段取りをしないと」

おちよが時吉に言った。

「おしんちゃんにはもう言ってあるので、そのあたりは大丈夫だよ」

隠居の隣に陣取っていた元締めの信兵衛が言った。

「あとは、おとっつぁんのところから若い料理人さんを回してもらえれば」

「今度は、目のついた魚を怖がらない料理人がいいね」

前に修業に来た大磯《おおいそ》の由吉《よしきち》を引き合いに出して、隠居が言った。

聞くところによれば、由吉が跡を継ぐことになる富士家《ふじや》は、折からのおかげ参りの隆盛も追い風になって、ずいぶんと繁盛しているらしい。これならもう心配はあるまい。

そこで、表で遊んでいた千吉が戻ってきた。

「いよいよ野田へ旅に出るぞ、千吉」

時吉が言った。

「うん」

わらべが気合の入った顔でうなずく。

「千坊は何が好きだい？　支度をして待ってるよ」

番頭が笑顔で問いかける。

「んーと……」

わらべのかたわらを、のどかとちのがひょこひょこと通り抜けていく。

「ねこ！」

千吉が大きな声でそう言ったから、のどか屋に笑い声が響いた。

「猫なら、蔵の裏手にたくさんいるよ。うちの者がえさをあげてるらしいから。ほかに、食べるものなどに好みはないかい？」

「んーと……おせんべい！」

「おせんべいか。それなら、うちでも焼きたてを食べられるよ。野田は醬油の産地だから、刷毛《はけ》で塗りながら焼く、あつあつのおせんべいを食べられるんだ」

留吉がそう言うと、わらべの瞳が急に輝いた。

ほどなく、わらべの遊び相手が、

「千ちゃん、あそぼ」

と、たずねてきた。

朋輩《ほうばい》ができて何よりだ。信兵衛がほかに持っている旅籠の大松屋のせがれだから、身元もはっきりしている。

「あんまり遅くなっちゃ駄目よ」

おちよが母の顔で言った。

「はあい」

「大川には近づくな。大八車にも気をつけろ」

時吉も声をかける。

客あきないゆえ、ほうぼうからさまざまな話が入ってくる。わらべが大川端から滑り落ちたとか、坂を曲がりきれなかった大八車に轢《ひ》かれたとか、痛ましい話を聞くたびに何とも言えない気分になった。

「はあい」

千吉はそう返事をして、いそいそと出て行った。

「野田にもわらべはたんとおります。坊ちゃんに一緒に遊んでいただければと」

番頭は相変わらずの笑顔で言った。

「こちらこそ、ありがたいことです。このところ、やっと連れができてきまして」

と、おちよ。

「そのうち、うちの善松も遊んでもらうようになるかも」

おけいが長屋の衆に預けている息子の名を出した。

「うちの旅籠で働いてる人のわらべを集めて、おくしらまんじゅうでもやろうかね」

信兵衛が戯れ言まじりに言う。

「そりゃあ、にぎやかでいいね」

隠居も笑みを浮かべた。

「で、話はちょいと戻るけど、おまえさん。留守中の仕入れがいくらか難儀かもしれないね」

「ああ、なるほど」

時吉は腕組みをした。

厨は長吉屋から来た料理人に任せられるし、おちよにも包丁の心得がある。細工仕事にかけては、時吉よりうまいくらいだ。

しかし、魚などの食材の仕入れにかけては、長年培《つちか》ってきた経験と顔というものがある。長吉の弟子にそこまで任せるわけにはいかなかった。

かといって、旅籠の客の世話もある。なかには朝早くの七つ立ちの客もいるから、おかみがのどか屋を留守にして魚河岸へ仕入れに行くわけにもいかなかった。

「ま、野菜などは富八さんに任せて、魚のほうも段取りをつけてくる。ほかにも助けてくれる人が出るかもしれない」

時吉の言うとおりになった。

三月の初め、大安《たいあん》の日に、花実屋の番頭の留吉が再び来てくれることになった。旅の案内人は、ほかならぬ番頭だ。

幾重にも腰を折って留吉がのどか屋を去ったあと、入れ替わるようにのれんをくぐってきた男がいた。

力屋《ちからや》の信五郎《しんごろう》だった。

三

「ようございますよ、一緒に仕入れてまいりましょう」

力屋の信五郎は気安くそう請《う》け合《あ》ってくれた。

「ありがたく存じます。そうしていただければ助かります」

おちよがていねいに礼をした。

「ご無理のないように。ついででかまいませんので」

時吉も言葉を添える。

「なに、たいした手間じゃありませんので。うちではふだん仕入れられない伊勢海老なども扱えるでしょうから、かえって楽しみですよ」

馬喰町《ばくろちょう》で飯屋を営む男が笑顔で答えた。

のどか屋には猫縁者がたんといるが、力屋の信五郎もその一人だ。かつてのどか屋で飼っていたやまとという猫は、紆余曲折《うよきょくせつ》を経ていまは力屋で飼われている。ぶちと名を改めたふてぶてしい猫は、女房猫のはっちゃんとともにすっかり飯屋の看板猫になってみなにかわいがられていた。

その名のとおり、食うと力が出る料理で評判なのが力屋だ。飯の盛りもいい。飛《ひ》脚《きゃく》や駕籠かきや荷車引き、体を使うあきないの男たちが常連だから、力屋にはいつも活気が満ちている。

「たしかに、力屋さんで伊勢海老などは出せないからね」

一枚板の席から隠居が言った。

「ええ。味噌仕立ての漁師汁などに豪快に入れてお出ししたいのはやまやまなんですが、なにぶん値を抑えないとあきないになりませんので」

飯屋のあるじはそう言って笑った。

「うちも伊勢海老まで豪勢にしなくてもいいんですが、海老はご所望になるお客さんがわりかたおられるもので」

と、おちよ。

「わたしだって客ですから、承知していますよ」

信五郎がわが胸を指さす。

「ほかにも、鯛や、うちでは上品すぎる白魚などを仕入れてきましょう」

「いいねえ。白魚ってのは天麩羅がうまいんだ」

隠居がすかさず言う。

「白魚飯も箸が止まりませんよ。ちょいと醤油をかけて、おろし山葵《わさび》と浅草海苔を添えてね」

家主が身ぶりをまじえて続いた。

「なんにせよ、これで安心して旅に出られます」

時吉は安堵の表情になった。

四

二月（陰暦）がしだいに押し詰まり、ほうぼうから花だよりが届きはじめたある晩、あんみつ隠密と万年同心がのどか屋ののれんをくぐった。

「そうかい。おれのほうがちょいと先になるな」

一枚板の席に陣取った安東満三郎が言った。

「すると、もうお出かけで？」

おちよが問う。

「おう。明日にはもう旅支度だ。野田よりちょいと先、関宿《せきやど》から下館《しもだて》や結城のあたりまで流してみるつもりだ」

「でしたら、ちょうど帰りにでも一緒になるかもしれませんね」

さっそくあんみつ煮（油揚げの甘煮）をつくりながら、時吉が言った。

「野田の醬油づくりは花実屋だったよな」

「はい。亀甲角大で」

「なら、迷いようがねえな」

と、安東。

「あちらのほうへお出ましということは、影殿の竜二という盗賊がらみでしょうか」

時吉は天麩羅のかげんを見ながらたずねた。

「そうだな。ちょうど八州廻りもそのあたりにいるらしい」

「では、力を合わせてお縄に」

時吉はそう言ったが、あんみつ隠密は妙な顔つきになっただけで、とくに何も答えなかった。

肴ができた。

先だって話に出ていた白魚の天麩羅だ。

「うん、揚げ具合もつゆのかげんもちょうどいい」

味にうるさい万年同心が太鼓判を捺《お》した。

さくさくした白魚の天麩羅は、この時季の恵みの味の一つだ。数ある天麩羅のなかでも、とくに酒に合う。

「千坊は初めての旅だ。楽しみだな。……うん、甘え」

油揚げの甘煮を口中に投じたあんみつ隠密は、お得意のせりふを発した。

「でも、いまごろ千吉はどうしてるかと思って心配かも。近くのお稲荷《いなり》さんに毎朝手を合わせてくるつもりですけど」

おちよは身ぶりをまじえた。

「そりゃ、初めて長く留守にするんだから無理もないね」

と、隠居。

「まあ、かどわかされたときのことに比べたら、千も万もいいだろうから」

時吉は昔のことを引き合いに出した。

「そういうこともあったねえ」

隠居はいくらか遠い目つきになった。

「今度は、かどわかしていくのがおとっつぁんだからな」

安東満三郎はそう言ってにやりと笑った。

その後は、近ごろ流行《はや》っている小唄の話題になった。

菊は咲く咲く葵《あおい》は枯れる
西で轡《くつわ》の音がする
江戸が見たくば此節《このせつ》ござれ
やがて武蔵の原となる

いっそ不気味と言ってもいいこの唄を、万年同心はうまい節回しで唄った。存外に渋い、思わず聞き入ってしまうような声だ。

「いいのかい、平ちゃん、そんな唄を口にしてよ」

あんみつ隠密が言った。

無理もない。

菊とは朝廷、葵は徳川家の御紋。そのうち西からいくさの音が近づいてきて、武蔵の国は焼け野原になってしまうだろう。だから、江戸見物をしたければいまのうちに行ったほうがいいというのだから、なんとも不吉な予言めいた唄だ。

「いや、唄に罪なんてありませんから、旦那」

万年同心は言った。

「いやしかし、唄の底に悪意は感じるぜ」

「まあたしかに」

「なんにせよ、世の中はちょっとずつ軋《きし》みはじめてるのかもしれねえな」

諸国を渡り歩いているあんみつ隠密はあごに手をやった。

「なら、この先、どうなってしまうんでしょう」

「分からねえ」

おちよの問いに、黒四組のかしらはすぐさま答えた。

「世の中ってのは、ものすごくでけえ船みてえなもんだ。その船がいったいどこへ進んでるのか、乗っている者には分からねえようにできてるんだ」

「なるほど、うまいたとえだね」

隠居が軽くひざを打った。

「世の中どころか、千吉を連れての旅がどういう按配になるのか、それすら分かりませんからね」

時吉が言った。

「でも、野田のお醬油屋さんに招かれて、帰ってくるだけなんだから。気の持ちようによったら、おとっつぁんとこへ行って戻ってくるのとたいして変わらないかも」

半ばはわが身に言い聞かせるように、おちよは言った。

だが……。

おちよの思うとおりにはならなかった。

千吉を連れての時吉の旅は、さまざまな人の動きが絡み合って、まったく意想外な成り行きになってしまったからだ。

第五章　鰻《うなぎ》づくし

一

その日が来た。


えっ、ほっ……。

えっ、ほっ……。


掛け声を調子よく合わせて、二挺《にちょう》の駕籠が昼下がりののどか屋に近づいて止まった。

うしろの駕籠から、野田の醤油づくり、花実屋の番頭が下りてきた。

「どうもお待たせをいたしました」

留吉が笑顔で言う。

すでに時吉と千吉は、いまや遅しと見世の前で待ち受けていた。

駕籠が通るたびに千吉は、

「あっ、来た」

と、声をあげていた。

いくたびか空振りが続いたから、危うくべそをかきはじめるところだった。

「わざわざのお越しで、ありがたく存じます」

背に袋を負うた時吉が腰を折った。

「どうかよしなにお願いいたします」

おちよも続く。

「この先、千住宿《せんじゅじゅく》まではこの駕籠屋さんたちにお願いしてありますので」

留吉が駕籠屋を紹介した。

「坊やが酔わねえように運びまさ」

「任しておくんなせえ」

前金をもらっているらしい駕籠かきは、太い二の腕をたたいてみせた。

「なら、気をつけていってらっしゃい」

おちよが千吉に声をかけた。

「うん。おみやげに、おせんべい、かってくるよ」

千吉がそう言ったから、見送りの面々の顔に笑みが浮かんだ。

おけいとおそめ、それに、おしん。さらに、長吉屋から来た松吉《まつきち》という若い料理人が見送りに出ている。相州《そうしゅう》の藤沢《ふじさわ》から来た若者で、なかなかに筋が良く、それなりに愛想もいい。これなら留守の心配はしなくて良さそうだった。

「では、荷物は手前が持ちますので、少々手狭でございますが、うしろの駕籠へお二人でお乗りくださいまし」

やや大仰《おおぎょう》な身ぶりで、留吉は駕籠を示した。

「じゃあ、いってくる」

駕籠に乗りこんだ千吉が元気に言った。

「いってらっしゃい」

「気をつけて」

みなが笑顔で見送る。

ややあって、時吉と千吉を乗せた駕籠はゆっくりと動きはじめた。

二

幸いなことに、天気に恵まれた。

春らしい陽気で、日が当たると汗ばむくらいだ。ずいぶん大きくなった千吉と同じ駕籠に乗っていると、かなり窮屈だった。

「あんまり身を乗り出すと落っこちるぞ。ちゃんと持ち綱につかまってろ」

時吉は息子に言った。

「うん。さくら、さいてたよ」

千吉は瞳を輝かせた。

「野田に着いたら、みんなで花見をするからな」

「うん、たのしみ」

そんな調子で、外の景色を折にふれてながめながら駕籠に揺られていく。

急ぐ旅ではない。初めての旅になる千吉に無理のないようにと、野田の醤油づくりの番頭は余裕をもった段取りを考えてくれていた。ありがたいことに、宿の約もあらかじめすべて取ってくれてある。旅の案内人の言うとおりに動いていれば、おのずと野田が近づいてくるという寸法だ。

「坊っちゃん、千住大橋《せんじゆおおはし》が見えてきましたよ」

ややあって、前の駕籠から留吉が大きな声を発した。

あきないのために江戸へ上るときは、よほど荷が重くなければ徒歩《かち》にて進み、駕籠などという贅沢なものは使わない。だが、こたびは案内人が遅れるわけにいかないから、留吉も駕籠に揺られていた。

「永代橋《えいたいばし》？」

千吉がそうたずねたから、時吉は思わず笑った。

「深川へ行くんじゃないぞ。千住大橋だ。橋を渡ったら、もう千住宿だぞ」

千吉はまだ小さいころ、永代橋を渡って深川の八幡さまへお参りに行ったことがある。そのときは時吉がおんぶをして歩いた。千吉にとっては、それが父と出かけたいちばんの遠出だった。

「はしは、いっぱいあるんだね」

「そうだ。両国橋の西詰には、おまえもときどきおそめちゃんなどと一緒に呼び込みに行くだろう？」

「うん」

「ほかにも、川はたくさんあるんだ。あんまり幅の広い川には橋を架けられないから、渡し舟に乗るしかないが、千住宿へはむかしから橋で渡れる」

時吉が教えると、千吉は感心の面持ちになった。

「渡しは、明日のお楽しみで。……お、駕籠屋さん、橋の中途で止めてください。坊っちゃんに見せてあげましょう」

留吉が気を利かせて言った。

「へーい」

「ちょうど休みたかったところで」

駕籠はすぐさま止まった。

「よし、外へ出な」

「うん」

千吉は勇んで駕籠から下りたが、勝手が違ったのか、まわりをきょろきょろ見回して急にあいまいな顔つきになった。

「はし、おちない?」

わらべは不安そうに問う。

時吉と番頭ばかりでなく、駕籠かきまでどっと笑った。

「そうたやすく落ちてもらったら困るぜ、坊」

「えれえ出水とかあったら、落ちるかもしれねえがよ」

さもおかしそうに言って、ふところから煙管《キセル》を取り出す。

「案じることはない。落ちないようにつくってあるから」

時吉が言うと、千吉の顔つきがやっとやわらいだ。

ちょうど日が西に傾く頃合いで、気持ちのいい川風が吹いていた。

「あっ、あそこに富士山《ふじさん》が見えるよ、坊っちゃん」

番頭が指さした。

「ほんとだ」

千吉が弾んだ声をあげる。

頭に雪を戴《いただ》いた富士の裾野に茜雲《あかねぐも》がかかっている。そのさまはまるで浮世絵のようで、思わず息を呑むほどの美しさだった。

「これだけでも来た甲斐があったな」

川風に吹かれながら、時吉が言った。

「うん」

わらべが力強くうなずく。

ほどなくまた駕籠に乗り、宿場のほうへ向かった。

時吉としては、千住に来たからにはやっちゃば（野菜市場）に寄りたいところだったが、どうもそういう時はなさそうだった。

「お宿はお決まりでしょうか」

「お安くなっておりますよ」

駕籠に向かって、次々に呼び込みの声がかかる。

さすがは千住宿、品川、板橋、内藤新宿《ないとうしんじゅく》と並ぶ、江戸《えど》四宿《ししゅく》の一つだ。

「悪いね。定宿があるんだ」

番頭が駕籠から答える。

ややあって、その宿に着いた。

柳屋《やなぎや》という名だった。

三

「ようこそのお越しでございました」

奥の部屋に通され、ひと息ついたところで、おかみが自ら茶を運んできた。

やんだ」

「世話になるよ。こちらは、横山町ののどか屋さんと、その跡取り息子の千吉坊っちゃんだ」

よく泊まっているらしい番頭の留吉が、如才なく紹介した。

「まあ、あの有名な旅籠付きの小料理屋さんでございますか？」

おかみは目をまるくした。

「ご存じなんですか。それはそれは」

時吉が一礼する。

「ええ、それはもう。うちも小料理屋を前に出したいけど、道をふさぐわけにはいかないからって、うちのあるじとしゃべってたんです」

見るからに話し好きのおかみが身ぶりをまじえて言った。

「だったら、建て増しをすればどうでしょう。失礼ながら柳屋は平屋だ。普請をやり直して二階をつくれば、一階に小料理屋も開けましょうに」

常連の留吉が、心安だてにそんな案を出した。

「うちの宿は、ちょっと二階はつくりかねるんですよ」

おかみは首を横に振った。

「もちろん、お金の工面が大変だってこともありますがね。うちは名倉《なぐら》のお客さんが多いもので、階段を上り下りしていただくわけにはまいりませんから」

「ああ、なるほど、名倉の。そりゃあそうですねえ」

番頭は得心のいった顔つきになった。

「先だって、内湯に向かうところへ手すりをこしらえたら、名倉のお客さんにずいぶんと喜ばれましてねえ。いいことをした、とあるじとともに喜んでおります」

おかみは笑みを浮かべた。

「なぐら、ってなに？」

千吉が不審そうにたずねた。

「名倉っていうのは、有名な骨つぎの名医だ」

時吉が教えた。

明和《めいわ》年間に開業した名倉医院は、「千住の骨つぎ」「骨つぎの名倉」として江戸にもその名がとどろいていた。駕籠で名倉を目指す患者は、おおむね泊まりになる。名倉の客の定宿は、柳屋のほかにも金町屋《かなまちや》、万屋《よろずや》などの旅籠があった。

「ふうん」

千吉は納得顔になった。

「そうそう、名倉先生のところなら、坊っちゃんのおみ足を診ていただけるんじゃないでしょうか」

番頭がそう水を向けた。

「千吉の足を」

時吉が身を乗り出す。

「ええ。骨をつぐばかりが骨つぎのつとめではありませんので。千吉坊っちゃんの左のおみ足はいくらか曲がっておられますが、それをだんだんにまっすぐにしていくやり方を名倉先生ならご存じかもしれませんよ」

急に光明が見えてきた。骨つぎは折れた骨をつぐことばかりがつとめだと思いこんでいたから、千吉を名倉で診てもらうという案はいままで思いつかなかった。

「おとう、千ちゃん、はしれるようになる？」

千吉の瞳も輝く。

「ああ、なるかもしれないな。とりあえず、診てもらいに行こう」

「ただ……」

留吉は言葉を切って、おかみの顔を見た。

「名倉先生のところには患者さんが詰めかけますので、いまからだと少々遅すぎるかもしれません。骨が折れたばかりで難儀をしている患者さんをまずもって診なければなりませんし」

おかみが言う。

「もし今日が駄目でも、帰りの約を取れれば、と」

時吉はもう乗り気になっていた。

「ああ、それは名案でございます。帰りも千住宿を通りますからね」

留吉がひざを打つ。

「では、お帰りもぜひとも柳屋にお願いいたします」

おかみが如才なく言った。

四

さっそく時吉が千吉をおぶって名倉医院へ急いだが、やはり今日の残りは急患のみということだった。

帰りの約を頼むと、それについては快く引き受けてくれた。

「お帰りの際は、医院が開いている時であれば真っ先に診させていただきますので」

弟子か、あるいは跡継ぎの先生か、まだ若い男が時吉に言った。

「なにとぞ、よしなにお願いいたします」

時吉はていねいに頭を下げた。

「よしなに」

千吉がおうむ返しに大人びた口調で言う。

「待ってるからね」

「うん」

わらべは笑みを浮かべた。

再びおんぶして柳屋に戻ると、夕餉《ゆうげ》の支度ができていた。

「坊っちゃんのお口に合うかどうか分かりませんが、当宿自慢の鰻づくしの夕餉とさせていただきました」

おかみがそう言って、ずらりと並んだ料理を手で示した。

「わあ、おいしそう。うなぎ、すき」

千吉が身を乗り出す。

「まあ、それはようございました。この時分のものは、いま一つ脂《あぶら》が乗っていなくて申し訳ないんですが、鰻捕りの名人が捕ってきたものですので」

おかみは笑みを絶やさずに言った。

「千住の尾久《おく》は鰻の産地ですからね」

留吉が言葉を添える。

「こんな値の張るものをいただいて、ありがたいかぎりです」

時吉は醬油づくりの番頭に向かって頭を下げた。

大平皿《おおひらざら》に盛られているのは、香ばしい匂いを漂わせているおなじみの蒲焼きだった。

江戸の民にとってみれば、蒲焼きを食うのは駕籠に乗るのと同じくらいの贅沢だ。

そのため、まずは穴子《あなご》、果ては慈姑《くわい》や豆腐を絞ったものなどで鰻の代わりをつとめる似非《えせ》蒲焼きもつくられていたほどだった。

「わざわざ手前どもの野田までお越しいただくんですから、これくらいはさせていただきませんと」

留吉は笑顔で言った。

おかみが「どうぞごゆっくり」とひと声かけて去ると、さっそく鰻づくしの料理を賞味することになった。

まず、刺身があった。

新鮮な鰻は刺身でも食べられる。刺身を水でさらし、三杯酢または酢味噌で供すれば、野趣《やしゅ》あふれるひと皿になる。

もうひと手間をかけたのが洗いだ。

鰻を開いて皮を引き、身を薄いそぎ切りにする。湯に酒を加え、さっと鰻の身を通して冷たい井戸水でしめる。こうして霜降りにしたものを、紅葉おろしや葱などの薬味を添えてぽん酢でいただく。

「おいしい」

千吉が笑みを浮かべた。

いつもなら寝る頃合いだが、料理の品数は多い。とても寝てはいられなかった。

鰻の酢の物も珍しい。

白焼きを賽《さい》の目に切り、上から大根みぞれをかけて薬味を添える。さっぱりとした味わいのひと品だ。

焼き豆腐と炊きこんだ煮物は、深い味わいがした。鰻もさることながら、味をたっぷり吸った焼き豆腐が美味だ。

天麩羅もあった。

まず白焼きにし、湯引きをしてからさっと揚げ、つゆにつけていただく。千吉はことに気に入ったらしく、あっと言う間に平らげてしまった。

頃合いを見て、あるじと料理人が挨拶に来た。

「いかがでございましたでしょうか。お口に合いますれば、幸いなのでございますが」

あるじは腰の低い物言いをした。

そのうしろに、だいぶ身を固くしてまだ若い料理人が控えている。その盆の上には、蓋付きの丼と椀が載せられていた。

「どれもまっすぐな味で、素材の鰻が活きています。おいしいですよ」

時吉はそう言うと、料理人はほっと一つ息をついた。

「おいしいよ、どれも」

千吉が続いて言ったから、旅籠の座敷に和気が満ちる。

「手前どもの品をこんなに活かしていただいて、醬油づくり冥利に尽きますよ」

留吉は取り皿の鰻と焼き豆腐を箸で示した。

「ありがたく存じます。では、締めにこちらを……」

あるじは料理人に身ぶりでうながした。

「はい。鰻茶《うなちゃ》と肝吸いでございます」

料理人がそう告げて、緊張ぎみに丼と椀を置いていく。

「おお、これは真打《しんう》ちですね」

留吉が相好《そうごう》を崩した。

「では、引き続きお召し上がりくださいまし」

粋なしぐさをまじえて言うと、あるじはさっと立ち上がって一礼した。若い料理人も続く。

「さあ、いただきましょう、千吉坊っちゃん」

番頭がそう言って、鰻茶の蓋を取った。

「うわあ」

ふわっと湯気が漂ったのを見て、千吉が歓声をあげた。

蒲焼きを飯の上に載せ、あつあつの煎茶を注ぐ。それから蓋をして、蒸らしてから食せば、なんとも口福の味になる。

「食べ切れなかったら、おとうが食べてやるからな」

「うん」

千吉の箸がさっそく動きはじめた。

「肝吸いも、ていねいな仕事をしてるな」

時吉は感心の面持ちで言った。

肝を串に刺して醬油と味醂でつけ焼きにし、椀だねにしている。三つ葉を浮かせた吸い物の味も、醤油の加減がちょうどいい按配だった。

「坊っちゃん、いい食べっぷりだね」

留吉が笑みを浮かべた。

時吉が食べ残しを片付けるまでもなかった。千吉は鰻茶をきれいに平らげてしまった。

そして、満面に笑みをたたえて言った。

「ごちそうさま！」

五

翌日は朝早くに起き、千住宿を出た。

番頭が手配してきたべつの駕籠に乗って、水戸《みと》街道の初めの新宿《あらじゅく》を過ぎ、江戸川《えどがわ》の岸にたどり着いた。

ここから松戸《まつど》へは渡しを使う。千吉にとっては初めての渡し舟だ。

ただ、今日は船頭の数が足りないらしく、ずいぶん待たされることになった。

「この按配だと、松戸どまりでございますね」

留吉が言う。

「明日着けばいいのでしょうか」

時吉が問うた。

「そうですね。遅くなるかもしれない、と旦那様には言ってありますし、松戸にも定宿がございますから。明日、七つ（午前四時）発《だ》ちにすればようございましょう」

番頭はよどみなく答えた。

やっと番が来た。

千吉にとっては、生まれて初めての渡しだ。初めのうちは首をすくめて、ちょっとこわそうにしていたけれども、降りる間際は名残《なごり》惜しそうな様子だった。

「かえりも、わたしにのる？」

「そりゃそうさ。帰りに橋ができていたらびっくりだ」

時吉がそう答えると、千吉はにっこりと笑った。

松戸どまりと決めたなら、さほど急ぐことはない。そこからは駕籠を使わず、千吉の手を引いて、ゆっくりと進むことにした。

「名倉の先生がどうおっしゃるかは分からないが、地道に励んだら走れるようになるかもしれないからな」

父の言葉に、息子は力強くうなずいた。

かなり時はかかったが、父に手を引かれながらも、千吉は松戸宿までわが足でちゃんと歩いていった。

「偉かったですね、坊っちゃん。それなら、どこへだって旅に出られますよ」

留吉がほめる。

「あしたも、あるく」

千吉がそんなことを言い出したから、時吉があわてて止めたほどだった。

松戸の宿でも鰻が出た。蒲焼きなどは千住の柳屋のほうに軍配が上がるが、珍しい佃煮《つくだに》が美味だった。

わざわざ小ぶりの鰻を選んで白焼きにし、食べよい大きさに切ってじっくりと漬けこむ。聞けば、秘伝のたれは毎日継ぎ足しながら使っているらしい。おかげで深い味が醸《かも》し出されていた。

「この佃煮だけで、丼三杯はいただけますね」

留吉がうなった。

「ほんに、箸が止まらないうまさですね。締めに茶漬にしても良さそうです。……どうだい、千吉」

時吉は箸を動かしている息子に訊いた。

口に飯が入っている千吉は、言葉の代わりに腹をぽんと一つたたいてみせた。


翌朝は滞りなく発つことができた。

調子のいい駕籠屋で、小金宿《こがねじゆく》に思ったより早く着いた。玉屋《たまや》という旅籠の向かいに蕎麦屋があったから、昼にたぐっていくことにした。長めの蕎麦に難儀をしながらも、千吉も食べ終え、また先を急いだ。

柏《かしわ》からは水戸街道に別れを告げ、日光東街道に入る。日光街道の脇往還の一つで、野田を通り過ぎれば、関宿や結城を経て雀宮《すずめのみや》宿で本街道に合わさる。二十里あまり（約八十キロ）の長い道だが、参勤交代にも用いられるとあってよく整備されており、駕籠の乗り心地も悪くなかった。

「野田が近《ちこ》うございますから、お醤油の香りが漂ってまいりましたよ」

厠を借りがてら休んだ茶屋で、留吉が戯れ言を飛ばした。

「ほんと？」

千吉が真《ま》に受けて、手であおぐしぐさをする。

「はは、戯れ言でございますよ。でも、うちの蔵が見えてきたら、いい香りがしてきますから」

花実屋の番頭が笑顔で言った。

茶屋では草団子を食べた。とくにどこも凝ったところのないただの草団子だが、それがいい。

「ごちそうさま」

千吉が元気よく皿を置くと、いくらか腰の曲がったあるじが、ずいぶん抜けた歯を見せて笑った。

それからまた駕籠に乗り、山崎宿《やまざき》を抜けた。もう野田は近い。

「ああ、坊っちゃん、見えてきましたよ」

駕籠の中から、留吉が行く手を指さした。

「ついた?」

うしろの駕籠から、わらべの声が響く。

「ええ、着きました。……おーい」

見世の前を竹箒《たけぼうき》で掃いていた手代に向かって、番頭は手を振った。

手代はすぐさま気づき、あわてて見世の中に入っていった。

「よく辛抱したな、着いたぞ」

時吉は息子のかむろ頭をなでてやった。
千吉の初めての旅は、こうして滞りなく終わった。

第六章　極楽花《はな》見重《みじゅう》

一

「ようこそのお越しでございます」

あるじの喜助が破顔一笑して出迎えた。

野田の醬油づくりの花実屋は、江戸から来た凄腕の料理人とその跡取り息子を、まさに総出で出迎えてくれた。

おかみに二人の娘と跡取り息子。番頭と手代に加えて、仕込み頭《がしら》をはじめとする蔵人《びと》たちまで、しばし仕事の手を止めて出迎えてくれたから壮観だった。

「お世話になります」

時吉はていねいに頭を下げた。

「桜も八分ほどに咲いてまいりました。今日のところは、坊っちゃんとともにまず旅の疲れをいやしてくださいまし」

喜助が言う。

「おせんべいは？」

千吉が待ちきれないとばかりに言ったから、思わず笑いがもれた。

「見世売りはもう終わっておりますが、坊っちゃんのために焼いてさしあげましょう」

案内をしてきた番頭の留吉がそう言って、若い者に目くばせをした。

「わあい」

わらべが手を打って喜ぶ。

日が西に傾きはじめた頃合いで、見世の一角で実演をしている焼きせんべいと団子はあきないが終わっていた。そこを無理にまた焼いてくれるらしい。

花実屋は面白い造りだった。

亀甲角大の屋号のついた蔵が並ぶところは、見るからに醬油の醸造元だが、その品をあきなう見世も道をはさんだ向かいにあった。醬油の樽ばかりでなく、小瓶に入った使い勝手の良い物も並んでいる。大小の徳利もある。品を見はじめると目移りがしてくるほどで、いい知恵が出ていた。

それに加えて、醤油を使った焼きせんべいと団子もあきなっていた。なかなかの人気で、ときには列もできるらしい。

あいさつを終えた蔵人たちは、それぞれの持ち場に戻っていった。醤油づくりは根気の要《い》る仕事だ。日が暮れるまでは仕込みに余念がない。

「いい香りがしてきましたね」

若い職人の手さばきを見ながら、時吉が言った。

せんべいが焼き網の上でぷっくりとふくらんできた。それをちりつかみのような金具でさっとつまみあげ、醤油にじゅっと浸す。

汁気が多くなりすぎないように軽く振って余分な醤油を落とすと、素早く焼き網に戻す。たちまちじゅっと音がして、何とも言えない香ばしい匂いが漂ってくる。

「お醤油を二度浸けするのが勘どころなのでございますよ」

いくぶん堅い顔つきの職人の代わりに、番頭が言った。

「なるほど、味がよくしみそうですね」

と、時吉。

「もうたべられる？　おとう」

待ちきれないとばかりに、千吉がたずねた。

「もうちょっと待ちな。お兄ちゃんが上げてくれるから」

時吉の声に応えるように職人の手が動き、初めの一枚が紙を敷いた台の上に乗せられた。わずかに焦げ目がついた、実にうまそうなせんべいだ。

「まだお熱うございますよ。何枚か焼かせていただきますので」

見守っていたあるじが言う。

「海苔などをあしらったせんべいもあるんですね？」

備えを目ざとく見て、時吉が問うた。

「さようです。海苔のほかに黒胡麻と唐辛子も人気です」

喜助は笑みを絶やさずに答えた。

ほどなく、せんべいができあがった。

醬油の醸造元が供する、焼きたてのせんべいだ。うまくないはずがない。

「おいしい！」

千吉の声が弾んだ。

「焼きたてはうまいな」

唐辛子を選んだ時吉が言う。

「うん」

わらべは大きくうなずき、またがぶりとせんべいに食らいついた。

ほくほくした焼きあがりのせんべいほどうまいものはない。これから夕餉だというのに、千吉は続けざまに平らげていた。

二

「甘鯛が入っているのでしたら、ひと品つくらせていただきましょう」

時吉がそう申し出た。

着いた早々だから、今日のところはただの客としてゆっくり休んでくださいと言われたのだが、ここまで至れり尽くせりで案内してもらった感謝の意を表《ひょう》してひと品ふるまいたかった。

厨を覗くと、生《い》け簀《す》に甘鯛が入っていた。いままさに干物にされようとするところに待ったをかけ、時吉は桜蒸しをつくることにした。

聞けば、一本だけ他に先んじて咲く桜があるらしい。いち早く散ってきたその花びらの塩漬けが目にとまったので、さっそく料理に使うことにした。

さすがに長旅で疲れたと見え、千吉は先に寝てしまった。本人はまだ起きているとぐずったのだが、せんべいと団子を食べ終えたころより続けざまにあくびをしはじめたから休ませたところ、あっけないほどぱたりと寝てしまった。

さて、料理だ。

時吉は甘鯛を三枚におろし、さらに切り身にした。これを手際よく観音開きにし、薄めに塩をしておく。

ともに合わせるのは海老だ。川筋だから海の物も船で運ばれてくる。むろん、川の幸もあり、田畑や野山の恵みもある。料理の腕の振るい甲斐がある土地柄だった。

海老をたたいて塩と味醂を加えて等分にし、甘鯛で巻いて桜の塩漬けをのせる。これをほどよく蒸して、とろみがきつくない銀餡《ぎんあん》を張り、おろし山葵を天盛りにする。

なんとも上品な甘鯛の桜蒸しの出来上がりだ。

「これはまた口福《こうふく》のお味ですね」

あるじの喜助が相好《そうごう》を崩した。

「ほんに、江戸まで一足飛《いっそくと》びに行ったみたいで」

おかみも笑みを浮かべた。

「こちらの醤油も使っておりませんし、江戸というより京風の料理で相済まなかったのですが……」

　時吉がひと言わびる。

「いえいえ、ふだんは口にできない料理をおつくりいただきまして、ありがたいことでございます」

　喜助はどこまでも腰が低かった。

「ただ、うちの蔵人さんたちにまでは椀が行き渡りませんね。わたしたちだけこんなおいしいものをいただくのは、なんだか申し訳ないくらいで」

　おかみが言った。

「いや、それは明日から何か思案しておつくりいただくことにしようじゃないか」

　喜助はそう言ったが、時吉はすぐさま心得て腰を上げた。

「では、蔵人さんたちのために、こちらの醤油を使った江戸風の料理をおつくりいたしましょう。すぐできますので」

　時吉はそう言うなり、何か口を開きかけたあるじを制して、厨へ引き返していった。

　厨へ戻るなり、時吉は大車輪で手を動かしはじめた。

　干物を刻み、葱を刻む。

　胡麻を炒《い》り、余った飯を準備する。

これでもう、何をつくるかおおよその見当《けんとう》がつく。

そう、江戸焼き飯だ。

蔵出しの醤油をつかった焼き飯はことに香ばしく、ぱらぱらしたえもいわれぬ仕上がりになった。

さっそく蔵人たちにもふるまわれる。

「うめえ。こんな焼き飯、食ったことねえ」

「これが江戸の味かよ。たまげたな」

「おれらの醤油が、こんなうめえもんに化けるんだ」

蔵人たちは口々に言った。

「明日はもっと手のこんだものをおつくりしますので」

時吉は笑顔で答えた。

三

野田の醤油づくりの歴史は古い。

永禄《えいろく》年間に、飯田市郎兵衛《いいだいちろうべえ》という男が醤《ひしお》からたまり醤油をつくったと記録されていてられた。この醬油は近隣の武士を通じて武田勢《たけだぜい》に納められ、川中島《かわなかじま》の合戦でも大いに役立る。

それから時代が下り、江戸の味覚に合った濃口醬油がつくられるに及んで、野田の醬油づくりはいっそう盛んになった。天保三年には、実に十八軒の醸造元があったと伝えられている。

亀甲角大の花実屋は、醬油の醸造元の番付でも上位に来る格で、その品の良さや、見世売りでの親切さにはことに定評があった。

翌日は、醬油づくりのあらましについて、あるじの喜助と番頭の留吉、それに、蔵人頭の市造《いちぞう》から話を聞くことになった。

「野田には水運の利がありますから、醬油づくりに合っているのでしょうね」

蔵へ向かう途中で時吉は言った。

「さようでございます。お醬油の元になる大豆や小麦は、下総ばかりでなく常陸や遠くは相模からも船に乗って運ばれてまいりますので」

喜助は笑みを絶やさずに答えた。

「塩は下総の行徳《ぎょうとく》のものを使っております」

頭に鉢巻をきりっと締めた蔵人頭の市造が言い添える。

「いろんな物が船に乗って運ばれてくるから、うまい醬油ができるんだ」

時吉が息子に教えた。

「千ちゃんが渡しにのったのとおんなじだね」

わらべなりに思案して答える。

「そうだ。船があれば、川を通っていろんなところへ物を運べるんだ」

「船は海だって通りますよ、坊っちゃん」

あるじが言った。

「うみ?」

「さようです。いま市造さんが言ったように、塩はおおむね行徳のものを使っていますが、品が薄いときは、少々割高になりますが播州赤穂《ばんしゅうあこう》から運ばれてきたものも使います」

喜助がそう教えた。

「ばんしゅうあこうって?」

千吉が父の顔を見た。

「上方《かみがた》の大坂《おおさか》よりもっと西にあるんだ。日《ひ》の本《もと》は広いな」

「ふうん」

千吉は感心したようにうなずいた。

始めは迷ったが、こうして旅につれてきて良かった、と時吉は思った。旅をするだけで、世の広がりを肌で感じることができる。足が悪かったせいもあり、いままで遠出ができなかった千吉にとっては、それは何よりのことだった。

千吉ばかりではない。わが身にとっても、醬油づくりの蔵を目《ま》の当たりにできるのはありがたかった。

魚などの食材なら、漁師の船に乗ってわが手で網を引いたこともある。田畑にもたまに足を運ぶ。

だが、醬油づくりの蔵をこの目で見るのは初めてだった。仕込みを見て、その息吹《いぶき》を感じれば、料理で使うときのありがたみが増すだろう。

時吉たちが案内されたとき、蔵人はもろみの仕込みの最中だった。

ふんどし一丁の筋骨隆々たる蔵人が、麴《こうじ》の入った四斗《しと》（約七二リットル）入りの桶を軽々と肩に担ぎ、仕込み桶まで運び入れている。そのさまを、千吉はぽかんと口を開けて見ていた。

「こうやって麴《こうじ》と塩水をまぜると、もろみになっていくわけですね」

時吉は大きな樽を指さした。

「ええ。ただし、じっとしているだけでは、もろみにはならないんです」

あるじの喜助がそう言って、蔵人頭のほうを見た。

「次の蔵じゃ、ちょうど櫂入れ《かいい》れの頃合いですんで」

市造が先に立って案内を始めた。

なぜ櫂入れと称するのか、実地に作業を見てみるとすぐ分かった。

もろみの仕込み桶に大きな木の櫂を入れ、掛け声とも唄ともつかない声を発しながらかき回していくのだ。

「こうやって、うめえ醤油になれって念じていくと、だんだんにもろみになっていくんでさ」

蔵人頭はそんな大ざっぱな説明をした。

実際は、櫂入れをすることによって空気が送りこまれ、微生物が発生しやすくなって発酵《はっこう》が促進されるのだ。

「これは毎日、どれくらいやるんでしょうか」

時吉が問う。

「冬場はだいたい一回で。寒いときは二日にいっぺんってこともありまさ」

「では、夏は」

「夏場は一日に二、三回で」

「そりゃあ大変ですね」

「みんな汗だくになりまさ」

市造は汗をぬぐうしぐさをした。

「で、こうしてできあがったもろみを搾《しぼ》って、汁と粕《かす》に分けます。搾るだけで五日くらいかかりますが」

あるじが説明を続けた。

「その汁が生醬油《きじょうゆ》ですね？」

時吉が問う。

「そうです。搾りたての生醬油も乙《おつ》なもので、刺身をつけたりするとおいしいのですが、あいにく日もちがしませんでね」

喜助が答えた。

「それで、火入れをするんでさ」

蔵人頭が和す。

熱を加えることによって日保ちがするばかりでなく、色や味も調《ととの》えられる。もっとも、生醬油の風味を好む者もいるから、そのあたりは一長一短だ。

「こうして、江戸の料理に欠かせない濃口醬油ができあがっていくわけですね。この目で見られて良かったです」

時吉は礼を述べた。

「あれが、おせんべいにぬられるの？」

千吉が樽を指さした。

「濃口も使いますが、せんべいにはたまりが合うんです。濃口と違って、つややかな赤みが出ますからね」

あるじが教えたが、わらべはまだ腑に落ちない顔つきだった。

「たまり、と、こいくち、はちがうの？」

小首をかしげて、千吉は問うた。

「いい問いですね、坊っちゃん」

番頭の留吉が笑みを浮かべた。

「では、もろみの樽のところへご案内を」

喜助が市造に声をかけた。

「へい。なら、こっちへ」

いなせな蔵人頭は身ぶりで示した。

四

濃口醬油は大豆と小麦を原料とするが、もろみ醬油はおおむね大豆だ。

つくり方は味噌と似ている。

蒸した大豆に麴をつけ、塩水を混ぜて玉にする。これを一年あまりも寝かせてじっくりとつくる。

「こちらも櫂入れをするんですか」

もろみの樽の前で、時吉はたずねた。

「たまりのもろみは固すぎるので、櫂が入らないのです」

喜助が答える。

「その代わり、細長いざるを仕込んでおいて、たまってくるどろっとしたやつを汲んで上からかけてやるんで」

蔵人頭が手つきで示した。

「なるほど、手間暇がかかってるんですね」

時吉がうなずく。

「人を育てるのと似たようなものかもしれませんね。始めのうちはやることがおぼつかなかった蔵人も、時が経てばもろみのような味が出てきます」

花実屋のあるじは含蓄《がんちく》のあることを言った。

「おとう、おなかすいた。おせんべいとおだんご」

千吉がだしぬけに言った。

蔵を見て回るのは、いささか飽きてきたらしい。

「おまえはそればっかりだな」

時吉はあきれたように言った。

「だって、おなかすいた」

わらべは同じことを繰り返した。

「では、今日はせんべいも団子も焼いておりますので、存分に召し上がってくださいまし、千吉坊っちゃん」

喜助はにこやかに言った。

見世のほうへ向かうときに、これからの段取りの話になった。

雲の具合を見ると、幸い、明日も晴れそうだ。

ついては、毎年恒例《こうれい》の「花実屋の花見」を土手で行いたいので、お重《じゅう》をつくってもらえまいか。

江戸の料理人のお重を、かねてよりみんな楽しみにしている。あるじからそう言われたので、時吉は二つ返事で請け合った。もとより、そのつもりで野田まで来たのだ。

「それは手前も楽しみです。お客様には相済まないのですが、明日は見世を休みにして、総出で花見ということにさせていただきましょう」

喜助は上機嫌で言った。

「では、せんべい焼きもお休みですね？」

時吉が鮮やかな手わざを披露している職人を指さした。

「ああ、いつも気張ってくれてるので。……おーい、治平《じへい》、明日は花見で休みだから、気張ってやっておくれ」

「へーい」

ねじり鉢巻きの職人が、威勢のいい声で答えた。

その前で、千吉がいまや遅しと焼きあがりを待っている。

やがて、二度目のたまり醤油が塗られ、ちょっとかいだだけでよだれがこぼれそうな香ばしい匂いが漂ってきた。

「ほらよ、坊、焼きたてだ」

千吉の手に、職人の治平からせんべいが渡った。

「わたしにも一枚」

時吉も声をかける。

「へい」

たまり醤油が乾いたばかりのせんべいをかむと、かりっといい音が響いた。

焼きたてのせんべいの香ばしさが口いっぱいに広がる。思わず笑い出したくなるようなうまさだ。

「うまいな、千吉」

父が笑顔で言う。

顔じゅうを口にして大きなせんべいを食べていた息子は、口の中が落ち着いてから元気よく答えた。

「おいしい！」

五

厨に入った時吉は、大車輪で花見重づくりに取りかかった。

どうしても手伝うと言い張る千吉にさして大事ではない仕事を与え、おのれは休むことなく手を動かしていく。

花実屋からも若い手代や喜助の二人の娘が手を貸してくれた。どちらも器量が良く、気立ても申し分がない。これなら遠からず良縁に恵まれるだろう。

「まだまだかかるから、先に寝ろ」

大きなあくびをした千吉に向かって、時吉は言った。

「はあい」

わらべは素直に従った。

手伝いの者たちにも礼を言って下がってもらい、あとは一人で厨に遅くまで残って料理をつくった。

その甲斐あって、花見重は八分どおりできあがった。

あとは夜どおしことことと煮る料理を加え、あしらいを添えれば、渾身《こんしん》の力をこめた花見重になる。

花実屋の厨で、時吉はわずかな仮眠を取った。若いころからの鍛錬の甲斐あって、短い眠りだけで翌日も動くことができる。

やがて、一番鶏が鳴くころに、時吉は目を覚ました。

冷たい井戸水で顔を洗うと、しゃきっと目がさえ、料理の段取りが一つ残らずよみがえってきた。

時吉は仕上げにかかった。

見世の者たちが目を覚ますころ、花見重は見事に完成した。

花実屋の前に立札が出た。

「本日、花見の為、お休みとさせて頂きます。

急用の方は、土手の三本桜のあたりにお願ひ致します。

花実屋店主敬白」

土手の桜は三本だけではないが、ことに枝ぶりのいい桜が三つ続くところがあった。それを三本桜と呼んでいる。

「いい日和《ひより》になりましたね」

あるじの喜助が笑顔で言った。

「ええ、風も弱いし、絶好の花見日和です」

時吉は風呂敷で包んだものを少しかざした。

すべての蔵人とせんべい焼きの職人なども加わるから、お重もいくつかこしらえた。

あとは番頭と若い者が提げ、花実屋の一行は利根川《とねがわ》の土手に向かった。

「あっ、さいてる」

千吉が前を指さして声をあげた。

「そりゃ咲いてるさ」

時吉が苦笑いを浮かべた。

「野田でも指折りの名所なので、手回しよくゆうべから茣蓙《ござ》を敷いて場所を取っておいたんです」

番頭の留吉が言った。

「準備は万端ですね」

近づいてくる桜を見ながら、時吉は言った。

土手に桜並木を植えるのは、八代将軍吉宗《よしむね》が墨堤《ぼくてい》で行ったのが有名だ。目を楽しませるばかりでなく、人々が詰めかけることによって土手が踏み固められて強くなる。

まさに一石二鳥の名案だった。

諸藩もこれに倣《なら》い、ほうぼうの土手に桜の木が植えられることになった。花実屋にほど近い三本桜の名所もその一つだ。

ほどなく、花見の席についた。

おまえはそこ、蔵人はそちら、とあるじの喜助がてきぱきと段取りを示した。

お重と酒器、女子供のためのお茶の竹筒、それに取り皿など、見世から持ってきた物がすべて茣蓙の上に置かれた。

「では、江戸の料理人、のどか屋の時吉さんにつくっていただいた花見のお重のお披露目とまいりましょう」

あるじの声が高くなった。

「よっ、待ってました」

「江戸一の料理人」

「おめえ、もう酔ってるのかよ」

蔵人たちが陽気に言う。

「では、包みを解かせていただきます」

騒ぎが静まったところで、時吉は亀甲角大の屋号が入った風呂敷包みにやおら手を伸ばした。

六

「わあ、きれい」

始めに声を発したのは、花実屋の長女だった。

「ほんと、絵を見てるみたい」

次女も目をまるくする。

「この絵は食べられるからね」

あるじの喜助が相好を崩した。

そこここで次々に風呂敷包みが解かれていく。そのたびに、ため息まじりの歓声がもれた。

まずは、彩《いろど》り豊かな寿司《すし》のお重をつくった。

まず現れ出《い》でたのは、砂金《さきん》寿司だった。

薄焼き玉子を砂金袋に見立ててつくったもので、黄色い花の中に色とりどりの具が顔をのぞかせている。

海老に穴子に胡瓜《きゅうり》。いずれ劣らぬ光彩だ。見えないところにも具が含まれている。味を含ませた干瓢《かんぴょう》と椎茸のみじん切りが入っているから、かめばかむほどにうま味が広がっていく。

二段目は、花見にふさわしい桜巻きだ。

一見すると桜餅にしか見えない。

「わあ、さくらもち」

千吉が早合点して声をあげたくらいだった。

しかし、塩漬けの桜の葉で巻かれているのは餅ではなかった。細魚《さより》の寿司だ。上品な細魚と酢飯と桜の葉が実によく響き合っている。忍ばせてある山葵も絶妙の加減だった。

三段目はまた華やかな彩りになる。

手毬《てまり》寿司だ。

炒り卵に桜漬けに酢漬けの白身魚。それに、青海苔と木の芽。さまざまな食材を巧みに用いて、手に乗せるとふわりと動きそうな手毬がかたちづくられていた。

「食うのがもったいねえくらいだぜ」

「なら、おめえは食わなくていいぞ」

「そんな殺生《せっしょう》な」

「だったら、筍飯《たけのこめし》を取り分けてやらあ」

「御《おん》の字で」

蔵人たちはそんな会話をかわしながら、さっそく酒盛りを始めた。

あまり見栄えばかりにこだわると、飯の量が少なくなってしまう。たくさん食べる蔵人たちのために、ずっしりと持ち重りのするお重もつくった。

まずは、筍飯だ。

ゆでてから薄切りにした筍を、油揚げとともによく炒める。きつめに塩胡椒をして焦げ目がつくくらいにしっかり炒めるのが勘どころだ。

だしには自慢の濃口醤油を加える。味醂と酒も加えて味を調えると、あとは釜がいい仕事をしてくれる。

ことに釜底のお焦げがうまい。ぱりぱりと香ばしく、やみつきになる味だ。最後に木の芽を散らせば、春の恵みの筍飯ができあがる。

二段目は錦糸玉子《きんしたまご》ご飯だ。

細くきれいに切った錦糸玉子が惜しみなくご飯に乗っているさまは、まるで満開の菜の花畑にいるかのようだった。

「わあ、菜の花の次は桜ね」

「ほんと、これもきれい」

花実屋の娘たちが、次のお重を見てうっとりした顔つきで言った。

三段目は桜でんぶのご飯だった。いちめんの桜が花開く仙境のような場所を、鳥になって眺めているかのような景色だ。

むろん、お重はご飯ものばかりではなかった。おかずも腕によりをかけてつくってあった。

「おとう、すごい」

そう言って千吉がつまんだのは、縁起のいい千成瓢箪《せんなりびょうたん》型のだし巻き玉子だった。絞りを入れたりする手わざを使えば、さまざまな縁起物をかたどることができる。

「これもいい照りですねえ」

「ほんに、鯛が群れをなして泳いでいるみたいで」

あるじと番頭が勘に堪えたように言った。

小鯛の木の芽焼きにも花実屋の醬油が用いられていた。味醂と酒も合わせたつけ地に小半刻（約三十分）ほどつけておき、金串を打ってたれをかけながら香ばしく焼く。

仕上げにたたいた木の芽を散らし、お重にあしらいを添えてきれいに並べれば、見ただけでよだれがたれそうな趣になる。

ほかにも多士済々《たしせいせい》だった。

甘鯛の鳴門《なると》昆布巻きや海老の花揚げなど、見るからに華のある料理の脇を、炒り蒟《こん》蒻《にゃく》や高野《こうや》豆腐などの脇がしっかりと固めている。お重そのものが、役者がそろった間《かん》然《ぜん》するところのない歌舞伎《かぶき》を彷彿《ほうふつ》させるほどだった。

料理がうまいと、場が華やぐ。

酒がすすみ、会話が弾む。

「わざわざ江戸からお呼びした甲斐がありましたよ」

あるじの喜助が満面の笑みで時吉に酒を注いだ。

「ありがたく存じます。お気に召しましたら幸いです」

時吉が一礼する。

「ほんと、うめえよ」

「醬油を使ってあっても、くどくねえんだ」

「そうそう、おれらは醬油づくりだもんで、かかあもやたらしょっぱい味つけにしちまうんだがな」

「さすがは江戸の料理人だな」

蔵人たちも上機嫌で、徳利がどんどんめぐっていった。

「おとうは江戸一のりょうりにんだから」

千吉が大人びた口調で言って胸を張ったから、場に和気が満ちた。

それやこれやで宴が続き、さまざまな余興も飛び出した。蔵人頭の市造が存外に渋い声で仕込み唄を響かせると、あるじもそれに応えて端唄《はうた》を披露した。

それぞれに拍手が入る。見世の上から下まで、一つの大きな茣蓙の上で、花見重をつつきながら心底楽しんでいた。

「いやあ、極楽だね」

だいぶ赤くなってきた顔で、喜助が言った。

「ほんに、お重も極楽でございました」

おかみが両手を合わせた。

「はは、極楽花見重だね。のどか屋さんで売り出したらどうでしょう」

あるじが時吉に言った。

「そうですね。思案しておきましょう」

時吉はそう答えて、ふと土手の下手《しもて》を見た。

懐手をした着流しの武家が一人、こちらへやや速足で歩いてきた。

時吉は瞬きをした。

その顔に見憶えがあったからだ。

土手を歩いてきたのは、安東満三郎だった。

七

「うん、甘え」

錦糸玉子ご飯をわしっと食すなり、あんみつ隠密の口からお得意のせりふが飛び出した。

見世の前に立札が出ていたから、土手へ足を運んだらしい。むろん、素性を明かすわけにはいかないから、蔵人たちには「のどか屋の常連のお武家さま」とのみ伝えておいた。

「すまねえな。それならべつに間違ったことは言っていない。花見の席にまじらせてもらってよ」

安東満三郎は気安く声をかけた。

「なんの、なんの」

「こんなうめえものを江戸で食えて、うらやましいですな、旦那」

「代わってもらいてえくらいだ」

酒が入っているせいで、蔵人衆の口も軽い。

本当は味醂をどばどばかけて甘くしたものを食べているのだが、言わなければあんみつ隠密もひとかどの通人《つうじん》のように見える。

で、そのあんみつ隠密が、機を見て声をひそめて時吉に告げた。

「実は、もしや来てるころかと思って、結城から野田まで急いできたんだ。ちょいと気になる見世を結城で見つけてな」

「と言いますと？」

時吉が問う。

「城下のさる一角にあるんだが、あるじはいつもいるわけじゃねえらしい。できたばかりなのに、妙にあきないっ気のない見世だっていううわさだ」

「なるほど」

「で、その見世の名が気になったもんだから、ふらっとのれんをくぐってみたんだ」

「何と言う名です？」

時吉はいくらか身を乗り出した。

「……のどか屋」

安東満三郎は少しもったいをつけてから答えた。

「うちと一緒ですか。そりゃあまあ、どこかに同じ名前の見世があっても……」

「おかしかねえけどよ」

酒をくいっと呑み干してから、あんみつ隠密は続けた。

「出してるものも同じだったら、妙だと思うだろう?」

意味ありげな顔つきで言う。

「同じもの、と言いますと……」

「豆腐飯さ」

安東満三郎は種を明かした。

「それも、江戸ののどか屋とおんなじ味つけだったぜ」

そう言われたとき、時吉の頭の中で一筋の糸がつながった。

いままでの出来事を思い返してみると、いちいち平仄《ひょうそく》が合う。

「盗みに来やがったんだな」

仔細《しさい》を告げると、あんみつ隠密はすぐさま言った。

「ただ、江戸で評判ののどか屋の豆腐飯をわざわざ結城くんだりから盗みに来たのなら、それでもうけようとするのが普通だろう」

「ええ」

時吉がうなずく。

「なのに、結城ののどか屋はまるっきりあきないっ気がなく、あるじも見世にずっと詰めているわけじゃねえ。いったい何のためにそんな見世を出したのか、こりゃあずいぶんと腑に落ちねえ話じゃねえか」

あんみつ隠密はそう言って、お重の隅から金時豆《きんときまめ》の甘煮を目ざとく見つけて箸でつまんだ。

「気になりますねえ」

時吉は腕組みをした。

「できることなら、結城まで行ってこの目でたしかめ、店主にわけを聞いてみたいところですが」

時吉はそう言って、土手で蔵人と相撲のまねごとを始めた千吉のほうを見た。

「押せ、押せ」

「おっ、足も動いてるぞ」

「気張れ、気張れ」

そんな調子でうまく相手をしてもらい、千吉は見事、押し出しで勝ったことにしてもらった。

「おとう、かったよ」

得意顔で言う。

「おお、すごいな」

左足を引きずりながら戻ってくる千吉に向かって、時吉は笑顔で言った。

「ところで、差し出がましいようですが……」

安東満三郎に酌をしてから、あるじの喜助が切り出した。

「もし結城まで坊っちゃんをつれて行かれるのでしたら、手前どもが駕籠の手配をさせていただきましょう。ひと晩くらいでしたら、駕籠屋さんを待たせておくこともできますので」

「さようですか。それはありがたいお言葉ですが……」

時吉は言葉を切った。

野田から結城まではずいぶんある。往復だと駕籠代も馬鹿にならないだろう。

「この極楽花見重のお代だとすれば、駕籠代などお安いものでございますよ」

時吉の心の内を見透かしたように、柔和な表情で喜助は言った。

「しかし、食材もみな花実屋さんに持っていただいたので」

　時吉はすまなさそうな顔つきになった。

「このお重は、食べた者の心に長く残るでしょう」

　喜助は花見重を指さした。

「あのとき、江戸から凄腕の料理人が来て、目を瞠《みは》るような花見重をつくってくださったと、ずっと語り草になるでしょう。それを思えば、結城までの駕籠代などお安いものでございますよ」

　そこまで言われたから、ありがたくあるじの好意に甘えることにした。

　千吉にわけを話して行くかどうか問うと、すぐさま元気な返事があった。

「千ちゃん、いく！」

　それで話が決まった。

「それなら、ちょいとこれを持ってってくれ」

　あんみつ隠密はそう言って、ふところから一枚の紙を取り出した。

　似面《にづら》だ。

　つるりとした品のいい顔立ちの男が涼しい笑みを浮かべている。

盗賊、影殿の竜二
棒手振り、あきんどなど、やつしさまざま

そう記されている。

「なかなか尻尾をつかめそうでつかめなくてよ」

あんみつ隠密が顔をしかめた。

「これは、だあれ？」

千吉がのぞきこんでたずねた。

「押し込みとかをする悪いやつだ。もし見つけたら、おとうに言いな」

時吉がそう言うと、千吉は妙に引き締まった顔でうなずいた。

「おれはこいつとその一味を捕まえなきゃ江戸へ戻れねえんだが、平ちゃんに言付《ことづ》けて、おまえさんらが結城まで行くとのどか屋へ伝えてもらうようにすらあ」

安東満三郎はそう言って、注がれていた酒を思い出したように口元へ運んだ。

八州廻りでもないのに、なぜ黒四組のかしらが盗賊を追わなければならないのか、いささか腑に落ちなかったが、時吉は口には出さなかった。

「それは、ちよも安心します。ありがたく存じます」

代わりに、そう礼を述べた。

「てなわけで、心安んじて旅を続けてくれ」

あんみつ隠密は笑みを浮かべた。

「うん」

千吉がまた元気のいい返事をした。

第七章　もう一つののどか屋

一

帰りはまた花実屋に寄り、べつの駕籠に乗り換えるという段取りになった。あきないの用事もあるから、行きと同じく番頭の留吉が同行してくれるらしい。まことに至れり尽くせりのもてなしだ。

「では、坊っちゃん、お気をつけて」

あるじの喜助がにこやかに言った。

善は急げで、まだ日が高いうちに出かけることになった。日光東街道を進んで、境《さかい》宿《じゅく》に泊まれば、明日の夕方ごろには結城に着くだろう。

「焼きたてじゃねえけど、おやつに食べてな」

せんべい職人の治平が焼き置きのものを差し出した。

「ありがとう。またかえってくるね」

すっかり仲良しになった千吉が笑顔で答えた。

そんな按配で花実屋の人たちに手を振って見送られ、時吉と千吉の駕籠は北へ進んでいった。

幸い、駕籠屋は調子のいい男たちで、千吉を退屈させまいと地口《じぐち》や駄洒落《だじゃれ》を飛ばしながら陽気に運んでくれた。

「向かいの寺に塀ができたそうじゃねえか」

「へえ」

てな調子のたわいのない掛け合いだが、千吉はけらけら笑っていた。

宿では盗賊のうわさを聞いた。

近在を荒らしまわっている盗賊と言うと、強面《こわもて》でいかにもという風体《ふうてい》の者を思い浮かべるが、影殿の竜二は似面どおりの優男《やさおとこ》で、言葉遣いもいたってていねいなのだそうだ。

「ちょいと御免くださいまし」

と、腰を低くして、やにわに笑みを浮かべたまま居合《いあい》の剣を抜いたりするといううわさだから、まったくもって剣呑《けんのん》なやつだ。

その後は滞《とどこお》りなく旅が進んだ。

「降られなくて良かったすね、旦那」

先棒が疲れの見えない声で言う。

「そうだな。この分なら、日が暮れる前に結城に着きそうだ」

「ええ、まもなくでさ」

後棒が答えた。

「観音町からあまり遠くないところに宿を取りたいんだが」

時吉は言った。

結城ののどか屋は観音町の分かりにくい一角にあるとあんみつ隠密から聞いた。まずは宿で落ち着き、千吉を預けてから探しにいくつもりだった。あるじがいるかどうかは分からないが、そのあたりは賭けだ。

「ようがすよ」

先棒が請け合う。

「おれら、だいぶ前に行ったことがあるんでさ」

後棒も言った。

土地鑑《かん》があるのなら、話は早い。

なおしばらく揺られていくと、結城の城下に入った。

古くは奈良時代から結城紬が織られていた土地だ。鎌倉時代に結城氏が館を構え、関東でも指折りの名家として名をとどろかせることになる。

下って江戸時代、元禄《げんろく》のころに水野《みずの》氏が能登《のと》より当地に封じられた。以来、水野結城藩の治世が続いている。

石高は一万八千石。昔日《せきじつ》の面影のない小藩で、城下は発展しているとは言いがたかったが、機織《はたお》る人々を抱《いだ》きながらの、まずは静かな暮らしぶりだった。

東を見れば筑波《つくば》の嶺《みね》、高瀬舟《たかせぶね》の白帆《しらほ》を浮かべる鬼怒川《きぬがわ》のすがしい流れ。目を転ずれば、遠くに日光の紫峰《しほう》がかすむ。結城はそんな風光明媚な土地だ。

加えて、名家の結城家のお膝下で寺院が多く、名刹《めいさつ》がつらなっている。町の人々は信仰に厚く、尊崇を集める場所は十指に余った。

その一つに、人手観音《ひとでかんのん》があった。観音町の名は、この仏様に由来する。

人手の観音さん、と親しみをこめて呼ばれる寺の近くに、もう一つののどか屋がのれんを出しているらしい。

「もうすぐ？　おとう」

いくらか疲れた声で、千吉が問うた。

「ああ、すぐだ」

駕籠から外の様子をうかがいながら、時吉が答える。

「もうちょっとだよ、坊」

「宿はあてがあるからな」

駕籠屋たちがなだめるように言った。

こうして、だいぶ日が西に傾きはじめたころ、時吉と千吉を乗せた駕籠は目指す旅籠に着いた。

その名も、つむぎ屋。

黒と見まがうまでの濃紺の結城紬の着物をまとったあるじと、春らしい薄紅色の縞が入った小袖のおかみがていねいに出迎えてくれた。

千吉は長旅で疲れているようだから、座敷に布団を敷いてもらった。駕籠屋も同じ旅籠に泊まる。明日も朝が早いから、休ませておかなければならない。

「おとうはこれから用があって、結城の町をかけずり回らなきゃならない。千吉は一人で晩飯を食べて先に寝ていろ」

時吉はそう言った。

「千ちゃんも、いく」

わらべはそう言ったが、声の調子は弱々しかった。

「おとうは大事な用で行くんだ。わがまま言わないで、宿にいろ。あるじとおかみによく言っておくから」

時吉が言うと、千吉は不承不承にうなずいた。

あわただしく支度をし、おかみに声をかけてから宿を出ようとしたとき、ふと麗々《れいれい》しく飾られている色紙が目にとまった。

つらなるは
むぎの畑と
筑波山

「これはどなたの発句《ほっく》です？」

おちよも俳諧をやるから、時吉は気になってたずねた。

「俳諧師の与謝蕪村《よさぶそん》先生が、お若いころに当宿のために書いてくださったものです」

おかみは尊敬の面持ちで答えた。

「ほう、そうですか」

蕪村の名は、俳諧師の隠居とその弟子のおちよからも聞いていた。

「よく見ると、『つ』と『むぎ』が入っておりますでしょう?」

おかみは品のいいしぐさで色紙を指さした。

「ああ、なるほど。いま気づきました」

時吉はひざを打った。

「この発句をいただいてから、宿のあきないはわりかたいい按配で来たもので、先代からの家宝とさせていただいております」

つむぎ屋のおかみはそう言って、軽く両手を合わせた。

結城は蕪村が青年時代を過ごした土地だ。ゆかりの発句も多い。

行春《ゆくはる》やむらさきさむる筑波山

といった画《え》が浮かぶ句は、まさに蕪村の独擅場《どくせんじょう》だ。

公達《きんだち》に狐化けたり春の宵

このような妖《あや》かし趣味の句も蕪村は多く詠《よ》んでいるが、「公達」は結城の町はずれの地名でもあった。「辻堂《つじどう》に死せる人あり麦の秋」の「辻堂」もまた、結城に実在する地名だ。

そんな若き日の蕪村ゆかりの町を、時吉は急ぎ足で歩いた。

観音町の近くで、長屋へ帰るとおぼしい棒手振りに出くわした。

「相済みません。ものをおたずねします」

時吉はていねいに切り出した。

「はあ」

棒手振りが足を止める。

「このあたりに、のどか屋という見世はありませんでしょうか」

何がなしに据わりの悪い心地をしながら、時吉はたずねた。

「のどか屋?」

「ええ。できたばかりの見世らしいんですが」

「それなら、たぶん……」

実直そうな男は、次の角を指さした。

「干物屋とか、漬物屋とか、たまにしかやらない妙な見世が並んでるとこがあるんで。おおかたそのあたりかと」

自信なさげに答える。

「たまにしかやらない、と」

時吉はいぶかしげな顔つきになった。

「そのとおりで。ええお方が道楽でやってるっていううわさでさ」

棒手振りはそう言うと、軽く頭を下げて家路をたどっていった。

いかにも腑に落ちなかったが、教えられた角を右に曲がり、時吉は観音町へ入っていった。

もうだいぶ日が落ちてきたが、ふところに忍ばせたぶら提灯を出すには早い。そんな頃合いだ。

さきほどの棒手振りが言ったとおり、干物屋とおぼしい見世があった。ただし、外に出ている干し網でそう察しがついたので、見世は雨戸を下ろしていた。

漬物屋もあった。こちらも漂ってくる香りで分かっただけで、あきないはしていなかった。

浦町のつむぎ屋からここまで、結城の町を歩いてきたが、この界隈だけ妙に空気が違った。なぜかは分からないが、見えない糸のようなものでこの一帯だけ囲われているかのようだった。

時吉はさらに進んだ。

ほどなく、ある匂いが漂ってきた。

わが見世でも出しているから分かる。

この匂いは……豆腐飯だ。

その源へさらに歩を進めると、のれんが見えてきた。

の、と染め抜かれているわけではなかった。

色も違う。

だが、近寄ってみると、はっきりと見えた。

のれんには、「のどか屋」と記されていた。

二

のれんの脇に、立て看板が出ていた。

こう記されている。

江戸の味　とうふめし

間違いない。のどか屋の豆腐飯と同じものを勝手に出しているのだ。

と言っても、とくに怒りはわかなかった。なぜこんなことをしているのか、とにもかくにもわけを聞きたかった。

見世の奥で話し声がする。どうやら客が入っているようだ。ならば、あるじも詰めているのだろう。

一つ咳払いをすると、時吉は「のどか屋」と控えめに染め抜かれているのれんをくぐった。

「ごめんくださいまし」

時吉が姿を現すと、先客がそちらに顔を向けた。

江戸ののどか屋と同じく、見世には一枚板の席がしつらえられていた。

そこに、二人の男が坐っていた。

案の定だった。

もう一つののどか屋の一枚板の席に陣取っていたのは、結城の紬問屋のあるじと番頭というふれこみでやってきた者たちだった。

あるじが水之介、番頭が野十郎。

どちらの顔にも、はっと驚きの色が浮かんだ。

「結城にものどか屋ができたといううわさを耳にしましてね」

いくらか押し殺した声で、時吉は言った。

「こ、これには……」

水之介はうろたえた顔つきになった。

「深いわけがあってな」

野十郎も動揺した声で言い、厨のほうへ目を泳がせた。

床几《しょうぎ》に腰かけていた男が、ゆっくりと立ち上がった。

紬問屋の大旦那だ。

いや、のどか屋でのふれこみは嘘だったらしい。

してみると、この男の正体は……。

「いつぞやは、お越しいただきまして」

時吉は落ち着いた声で言った。

「江戸から、来たのか」

いくらかしゃがれた声で、もう一つののどか屋のあるじは問うた。

「ええ。野田から街道を北に進んできました」

時吉が答える。

「おかげで、良き見世と料理を出すことができた。礼を言うぞ」

勝手に見世の名と看板料理を盗んだというのに、小柄な老人はまったく悪びれずに言った。

「では、うちには下調べに来たわけですね？」

時吉は少し表情を引き締めて問うた。

「わが舌で、吟味したかったのだ。豆腐飯は、美味であった」

あるじはどこか外れた答え方をした。

「大殿は……」

「それは言わぬ約束」

水之介が野十郎を制した。

「大殿？」

時吉は聞き逃さなかった。

いままでもつれていた糸が急にほぐれたように感じられた。

もう一つののどか屋のあるじは、ゆっくりとうなずいた。

そして、一つ咳払いをしてから告げた。

「わしの正体は……」

何か言いかけた水之介を身ぶりで制し、あるじは言葉を継いだ。

「結城藩の第六代藩主、水野日向守《ひゅうがのかみ》勝剛《かつかた》だ」

三

時吉は返答に窮した。

しゃべり方などから推《お》して、身分の高い人の忍びだとは察しをつけていたが、まさか元の藩主であるとは思わなかった。

「見世は、もう閉めよ」

水野勝剛は水之介に命じた。

「はっ」

水之介は野十郎とともに動き、のどか屋ののれんを中に入れて見世の戸締りをした。

「豆腐飯と漬物しかないが、そこで」

元藩主は小上がりの座敷を示した。

「では、ご一緒させていただきます」

時吉は緊張の面持ちで答えた。

「いままで正体を隠していて、相済まぬことだった。水之介と野十郎で『水野』になるという判じ物めいた偽の名であった。本当の名は水野結城藩士、小針猛之進《こばりたけのしん》と申す」

紬問屋のあるじを名乗っていた男が、そう言って一礼した。

「同じく、大河原忠兵衛《おおかわらちゅうべえ》でござる」

番頭の野十郎役だった男が和した。

元藩主はやや大儀そうに座敷へ上がり、座布団を敷いて座った。

二人の藩士がてきぱきと酒肴を運ぶ。もっとも、肴は豆腐飯と漬物だけだ。

「ほかにも、見世をやられているのでしょうか？」

初めの酒が行き渡ったところで、時吉がたずねた。

「いろいろ、やった」

水野勝剛はそう言って、ほっと一つため息をついた。

「干物屋に漬物屋に、前は菓子屋などもおやりになっていました、大殿は」

小針猛之進が言う。

「そしてまた、こたびはのどか屋を」

大河原忠兵衛が厨のほうを手で示す。

「なぜそのようなことを」

いぶかしく思いながら、時吉はたずねた。

「もうそろそろやめにせよ、と肩をたたかれだしたわ」

元藩主は身ぶりをまじえて答えた。

「無理もあるまい。かりそめにも元の藩主が、身をやつして城下で流行《はや》らない見世をやっておるのだ。よそに知れたら、外聞も悪かろう」

水野勝剛はそう言って、苦《にが》そうに猪口《ちょく》の酒を呑んだ。

「で、見世をやりはじめたわけは？」

時吉はおずおずと話を本筋に戻した。

「それは……来《こ》し方をゆるゆると振り返らねばならぬ」

「はい。じっくりとお聞きいたします」

時吉が言うと、元藩主はやおら座り直した。

そして、ここに至るまでのいきさつを語りはじめた。

水野結城藩の第六代藩主、水野勝剛は、宝暦《ほうれき》十年（一七六〇）、豊後国《ぶんごのくに》の岡《おか》藩主の三男として生まれた。もっとも国表ではなく、江戸の新橋《しんばし》の藩邸で出生したから、江戸生まれになる。

下《くだ》って天明《てんめい》三年（一七八三）、第五代結城藩主の水野勝起《かつおき》が世を去った。紆余曲折はあったが、その養子として白羽の矢が立ち、家督を継ぐことになった。二十三歳の青年藩主の誕生だ。

しかし……。

「わしなりに、志を持って藩主の座に就いたのだ。さりながら、なかなかうまくいかなくてのう」

元藩主は嘆いた。

「大殿は外から迎えられた方、わが藩には譜代の家臣がいろいろと顔をそろえております。そのいくたりもの顔色を見ながら政《まつりごと》を行うのは、さぞや大変だったことでございましょう」

大河原忠兵衛が同情の面持ちで言った。

「それに、出水や飢饉などがございましたからな。その始末に手一杯で、なかなか目指す政《まつりごと》をおやりになれなかったのではないかと存じます」

小針猛之進も和す。

「どのような政を目指しておられたのでしょうか」

時吉はたずねた。

水野勝剛は豆腐飯をいくらか口に運んでから答えた。

「この豆腐飯のごとく……」

口の中のものをゆっくりと胃の腑に落としてから、元藩主は続けた。

「民が何の憂えもなく、平らかに、心安らかに暮らせるような政を行いたかったのだ。さりながら……」

そこでまた言葉を切り、注がれた酒を苦そうに呑む。

「何やかやと振り回されているばかりで、思い描いていた殖産や大普請《おおぶしん》などにはまったく手が回らぬ。わしは名君になるつもりだったのだが、とんだ無能な藩主であった」

水野勝剛はおのれを嘲《あざけ》るように言った。

「そんなことはございませんよ、大殿」

「大殿のおかげで、機織る女たちが守られ、結城紬がこうして続いてきたわけでございますから」

小針猛之進は自らの着物の袖を指でつまんだ。

むろん、それも結城紬だ。一本一本の糸がつむがれ、気の遠くなるような手間暇をかけて紬に織りあがっていく。そのさまは、多くの人によって成り立つ一国のありようにも一脈《いちみゃく》を通じていた。

「結城紬は、わしの代で始めたものではなかろう。わが功績と呼べるものは何一つないのだ。名君どころか、とんだ凡君ではないか」

水野勝剛は吐き捨てるように言った。

「お言葉でございますが、大殿は公儀の御役もつつがなくつとめあげられました」

大河原忠兵衛は抗《あらが》うように言ったが、元藩主はにわかに顔をしかめ、力なく首を横に振った。

「どのような御役だったのでしょう？」

時吉が問う。

「日光祭礼奉行《にっこうさいれいぶぎょう》だ。気をすり減らすばかりで、何の益もないつとめであった」

水野勝剛は、さらに顔をゆがめた。

徳川家康《とくがわいえやす》を祀る日光東照宮《にっこうとうしょうぐう》では、毎年四月と九月に祭礼を執り行う。その長《おさ》として幕命を受けたのが日光祭礼奉行だ。人を使うばかりでなく、神輿《みこし》とともに歩いたりする役もある。すべては古式に則《のっと》って行われるから、なかなかに気疲れのする役目だった。

「それやこれやで、すっかり調子を崩してしもうてのう」

元藩主はそう言って、青菜の浅漬けに箸を伸ばした。

「大殿はまじめに物事に向かい合うたちでございますから、疲れがたまってしまったのでございましょう」

昔から仕える小針猛之進が気の毒そうに言った。

「いま思えば、気鬱《きうつ》だったのかもしれぬ」

浅漬けをこりっとかんでから言う。

「それで……どうされたのでございます？」

時吉は少し身を乗り出して問うた。

「政のことを考えるだけで、心の臓が高鳴り、額には脂汗が浮かぶようになってしもうた。情けないことだ」

元藩主は箸を置いた。

しばらく沈黙があった。

時吉は思い出したように匙を取り、豆腐飯を食した。

冷めかけてはいるが、味のしみ具合はなかなかのものだった。本家ののどか屋にも引けを取らない味だ。

「そういうわけで……」

水野勝剛は再び坐り直した。

「息《そく》に家督を譲り、隠居を願い出たのだ。四十歳のときであった」

元藩主はそう言って、長い息をついた。

四

「それから、なぜこのような見世を？　しかも、近くでさまざまな見世をおやりになっているわけは？」

時吉は本丸とも言うべき問いを発した。

「ひとたび隠居をしたら、身の不調は嘘のように消えた。やはり、藩主のつとめが重荷になっていたのであろう」

元藩主は弱々しい笑みを浮かべた。

「やはり、気鬱の卦《け》がおありだったのでございましょうな」

「大きな肩の荷を下ろされ、御身もほっとされたのでございましょう」

古くから従う二人の藩士が言った。

「そうだな」

大殿はうなずいた。

「江戸の千駄ヶ谷《せんだがや》に隠居所もつくってもらった。かくなるうえは、寿命が尽きるまで、おとなしく日々を過ごすしかない。されど、それはいささか寂しい話ではあるまいか」

元藩主の言葉に、今度は時吉がうなずいた。

「体は元気になった。されど、何もすることはない。家督を譲り、藩主の座から進んで下りたからには、もはや政はできぬ。しようとしても、重臣たちが止めるであろう。藩政を乱す者として、あるいは毒を盛られるやもしれぬ。そもそも……」

水野勝剛は酒をまたくいと呑み干し、顔をしかめて続けた。

「たとい藩主の座に戻ったとしても、また同じことの繰り返しになろう。たちどころに心身の調子を崩し、青い顔をして政を行うことになろう。いや、いま思えば、とても政と呼べるようなものではなかった。おのれでは何もできぬゆえ、すべて重臣たちに任せ、『よきにはからえ』『そうせえ』と愚かなおうむのごとくに繰り返していただけだ。とんだ暗君ではないか」

「さように卑下なさいますな。大殿は清廉潔白、悪しき者と結託して私腹を肥やすようなことは一度たりともなさいませんでした」

小針猛之進の言葉に力がこもった。

「さようでございます。贅沢を慎まれ、民が飢饉に苦しんでいるときは、夕餉もいたって質素にされておられました。領民はそんな大殿のふるまいに感じ入り、慈父のごとくにお慕い申し上げていたのですよ」

大河原忠兵衛もここぞとばかりに言った。

「されど、わしは……もっと民のためになる政をしたかったのだ」

元藩主の目がうるんだ。

「さりながら、力及ばず、半ば投げ出すように藩主の座から下りてしもうた。もはやただの隠居だ。それではあまりにも情けないと思うてのう」

と、時吉のほうを見る。

「それで、いろいろな見世を開かれたわけですね？」

時吉は得心のいった顔つきになった。

「さよう。なにぶん元の藩主がやるあきないだ。声のかけ方も分からぬ。猛之進と忠兵衛の助けを得て、ようようのれんを出してはみたが、初めの菓子屋はいいものがつくれず、早々にたたんでしもうた」

水野勝剛は苦笑いを浮かべた。

「しかしながら、干物屋や漬物屋は長く続いているではありませんか」

「たまに開くのを待ちかねている客もおりますぞ」

二人の藩士が励ますように言った。

「おん自ら、干物や漬物をつくられるわけですか？」

時吉はやや驚いたように問うた。

「そうだ」

元藩主はやっと笑みを浮かべた。

「干物や漬物なら、わしでもていねいにやればつくれる。民のために何もしてやれなかった罪滅ぼしに、これを食べて許してくれ、うまくなれ、と念じながら、あきない物をつくっておった」

「本当においしゅうございますよ」

小針猛之進はそう言って、鰹節をふんだんにまぶした沢庵《たくあん》を口に運んだ。

時吉も続く。

とくにどうということのない、どこにでもあるような沢庵だが、その平凡さには上品な「徳」というものがこもっていた。ほかの浅漬けなどもそうだ。

ようやく話の道筋がくっきりと見えてきた。

「それで、今度は食べ物の見世を開こうと考えて、お忍びでのどか屋へいらしたわけですね？」

時吉の問いに、紬問屋の大旦那と偽っていた男は静かにうなずいた。

「そのとおりだ。評判を聞き、わが舌で味わい、これならと思って結城に見世を出したのだ」

「大殿が何者であるか、明かすわけにもまいらぬゆえ、忍びでまいったのだ」

小針猛之進が言う。

「了解も得ず、名をつけてしまい、相済まぬことであった」

大河原忠兵衛が頭を下げた。

「とんでもないことでございます。さりながら、なぜのどか屋の名を？」

時吉は元藩主の顔を見た。

「相済まぬという心持ちがあったからだ。のどか屋の名のいわれを聞かれたら、江戸の横山町の見世からののれん分けだと答えていた。旅籠も付いているから、泊まりがけでも行ける、と」

「さようでしたか。ありがたく存じます」

今度は時吉が頭を下げた。

「わが手でつくった豆腐飯はどうであったかの？」

水野勝剛が問う。

「江戸のわが見世にも引けを取らないお味でございますよ」

時吉は世辞《せじ》抜きで言った。

「そうか」

元藩主はほっとしたような顔つきになった。

「豆腐だけならまだある。あたためなおして食わぬか」

「では……いただきます」

宿でも飯は出るはずだが、ここは断るところではない。時吉は豆腐だけ肴にすることにした。

「それがしがやりましょう」

小針猛之進が厨に向かった。

ほどなく、あたたかい豆腐が来た。大河原忠兵衛も手を貸し、人数分の皿が置かれる。

土地が近いということもあるだろうが、江戸ののどか屋と同じ簡素な笠間《かさま》の皿だった。

「頂戴します」

時吉は匙ですくって口に運んだ。

江戸ののどか屋と遜色のない出来だが、欲を言えば、いま少し味の強さがほしいところだった。

しかし……。

つくり手の人柄が料理の味に出る。このもうひと押し足りない、言葉を換えればいささか品《ひん》が良すぎる味は、志半ばで藩主の座を下りざるをえなかった水野勝剛にふさわしかった。

「いつも、残ってしまってのう」

自らもゆっくりと匙を動かしながら、元藩主は言った。

「されど、楽しみに通ってくれる客もいるではございませんか、大殿」

「少しずつ客は増えてきましたぞ」

二人の藩士が情のこもった声をかけた。

「民の喜ぶ顔を、やっといくらか見ることができた」

水野勝剛はしみじみと言った。

「豆腐飯に干物を焼いたもの、それに漬物と味噌汁を出しておる。厨から、その膳をうまそうに食べる名も知らぬ民の姿を見るのが、わしのささやかな楽しみだった。さりながら……」

元藩主の顔色が曇った。

「それも、もう長くはない」

「と言いますと?」

時吉は少し身を乗り出した。

「そろそろやめてくれぬか、と息《そく》の当主から言われてのう」

水野勝剛の眉間に深い縦しわが刻まれた。

「それに、このあたりに藩士の組屋敷を移す案が持ち上がりましてな」

大河内忠兵衛が言った。

「なるほど。それでは、せっかくのれんを出したのどか屋も……」

「ほんのわずかなあいだで終わってしまいそうだ」

元藩主は寂しそうに笑った。

「されど、わしももう歳で、体が大儀だ。厨で立っているのがつらいので、猛之進と忠兵衛に代わってもらうことが多くなった。すまぬことだ」

「大殿のためでしたら、何でもいたしますぞ」

「たとえ火の中水の中」

いくぶんおどけた調子で、二人の藩士が答えた。

「わしごときについていなかったら、もそっと出世できたかもしれぬのにのう。とんだ貧乏籤《くじ》を引いてしもうたな」

目に穏やかな光をたたえて、水野勝剛は言った。

「滅相もないことでございます」

「われらは大殿が大好きでございますから。だれがどう言おうと、最後までお供いたしますぞ」

藩士たちの気持ちは、時吉にはよく分かった。

水野勝剛は、歴史に名を残すような藩主ではなかった。広い目で見れば、やがて忘れられる泡沫《ほうまつ》のごとき人物だろう。

藩主としては、たしかに有能ではなかったかもしれない。志半ばにして、身の不調のためにその座を退いた、いたって凡庸な人物だったかもしれない。

それでも、と時吉は思う。

水野勝剛は、名君だった。

民のための政を、わが身の力を振り絞って行おうとしていた。

たとえその成果が、この豆腐のようにささやかな、片々《へんぺん》たるものだったとしても……。

そう思うと、江戸風の豆腐の味がなおさら心にしみた。

「結城のこの界隈で、正体を隠し、小あきないをしているときが、わしはいちばん楽しかった。自ら民を相手にできる、夢のような日々であった」

元藩主はどこか遠い目つきで言った。

「されど、その夢もそろそろ覚めるときがきたようだ」

水野勝剛はそう言うと、時吉のほうを見た。

「そなたのおかげで、最後に良き夢を見ることができた。礼を申すぞ」

髷がずいぶん白くなった元藩主がゆっくりと頭を下げた。

「もったいのうございます……」

そう答えたきり、時吉は言葉に詰まった。

胸がいっぱいで、声にならなかった。

「結城とも、どうやら永の別れになるであろう。あとは江戸の千駄ヶ谷で、鳥のさえずりを聞きながら、書見などをして余生を送ることにいたそう」

もはや達観した表情で、元藩主は言った。

「お供つかまつりますぞ」

いくぶんしゃがれた声で、小針猛之進が言った。

「大殿のために、それがしが豆腐飯をおつくりいたします」

大河原忠兵衛は、そう言って目をしばたたかせた。

「江戸へお越しの節は、またのどか屋へお寄りくださいまし」

万感の思いをこめて、時吉は言った。

「……そうさせてもらおう」

まもなく結城を去ることになる元藩主は、何とも言えない穏やかな笑みを浮かべた。

長く忘れがたい顔だった。

第八章　桜鯛入れ子締め

一

元藩主からは土産に漬物を持たされた。

ありがたく頂戴し、宿のつむぎ屋に戻ってから飯をもらい、千吉のために明日のおにぎりをつくってやった。

時吉の手際におかみが感心するから正体を告げると、ぜひ何か料理を教えてほしいと言われた。

何にするか迷ったが、結城ののどか屋が店じまいすることもあるし、まずは豆腐飯を教えた。ただし、あいにく豆腐がなかったから実地につくることができない。

そこで、厨をあらためさせてもらい、何を出せるか思案してけんちん煮をつくった。

胡麻油とだしがあれば、余った野菜でつくれる料理だ。

幸い、蒟蒻《こんにゃく》があった。里芋も人参もある。これだけあれば、ひとまずおいしいけんちん煮になる。

材料を胡麻油でしっかり炒め、だしを張る。あとはあくをていねいに取り、味を調《ととの》えながらことことと煮含めていけばいい。胡麻油とだしの風味がこたえられない、けんちん煮の出来上がりだ。

「焼き豆腐などがあれば、いっそうおいしいのですが」

けんちん煮を取り分けながら、時吉が言った。

「いや、これだけで十分にうまいです」

あるじが相好を崩す。

「ほんに、胡麻油の香りが少し遅れてぷうんと漂ってきて」

おかみも笑みを浮かべた。

「うどんなどにしても良さそうですね」

若い料理人が目を輝かせた。

「もちろん。蕎麦でもうまいよ。冬場にはもってこいだ。人参や大根などの根菜が合うんだ」

「ほかにも使えませんか、このけんちんの味付けを」

料理人は貪欲《どんよく》に問うた。

「菜物の軸の白いところを拍子木切りにして、短冊切りの油揚げと合わせてけんちん風の煮浸《にびた》しにするといい。酒の肴にも合うよ」

そんな調子で、時吉は夜遅くまで惜しげなく料理を教えた。

翌日は朝早く起き、旅支度を整えた。

「おとうの用はすんだの？」

まだ眠そうな顔で、千吉はたずねた。

「ああ、すんだよ。結城まで来て良かった」

ゆうべのことを思い返しながら、時吉は答えた。

「ふうん」

「おまえは宿に泊まっただけだから、もう少し見物したいかもしれないが、江戸でおかあも待ってるからな」

父がそう言うと、息子はまだ眠そうな顔で「うん」とうなずいた。

つむぎ屋では結城の土産物もあきなっていた。

いちばんの目玉は、もちろん結城紬だ。

できることなら、おちよのために一着買ってやりたいところだが、大店のあるじでなければ手が出ない値《あたい》が付いていた。さすがに買えないし、そもそものどか屋のおかみに上等な結城紬は似合わない。

「千吉、土産は何がいい？」

時吉は息子に選ばせることにした。

「んーと……これ！」

千吉が選んだのは羊羹《ようかん》だった。

それもいいが、後にも残るものをと思い、結城紬の小さな鼠の置き物を買った。これならさほどの値ではない。

それともう一つ、留守を預かってくれたおちよの労をねぎらうために、桐の下駄を選んだ。これも結城の特産品の一つだ。だいぶいい値がしたが、なぜかこれは買わねばならぬと思った。

こうして、土産はそろった。二人は同じ駕籠に乗り、旅籠の人々に見送られて旅立っていった。

ここまで長かったが、やっと折り返して江戸へ向かえる。

時吉はほっとする思いだった。

だが……。

帰りの道も決して平坦ではなかった。

またしても、思わぬ成り行きになってしまったのだ。

二

「まあ、千吉も結城まで？」

おちよが目をまるくした。

「そうなんだ、おかみ。野田の醤油屋から引き返すつもりが、わけあって結城に足を延ばすことになったらしい」

万年平之助同心がそう言って、山独活《やまうど》の芽の天麩羅を口に運んだ。

「それはどういうわけだい？」

一枚板の席から、隠居の大橋季川が問う。

その隣には、旅籠の元締めの信兵衛が陣取っていた。いつもながらの、のどか屋の二幕目の景色だ。

「そこまでは聞いてねえんですがね。安東の旦那の命《めい》を受けた男が奉行所に来て、おれの耳に入ったところで」

万年同心は、いくらかとがったわが耳をつまんでみせた。

「じゃあ、わけは分からないんですね？」

おちよが少し不安そうな顔つきになった。

「べつだん悪いことに巻きこまれたってわけじゃなさそうだ。せっかくだから、足を延ばすことにしたんだろうよ」

黒四組の隠密廻りの同心が答えた。

「まあ、時吉さんの留守中ものどか屋はうまくいってるんだから、多少帰りが遅れてもいいだろう」

隠居が温顔をほころばせる。

「千坊にとってみたら、大事な初の長旅だからね」

隣で信兵衛が言った。

「たしかに、ありがたいことに、客足が落ちたわけでもないですし」

と、おちよ。

「相変わらず、料理もうめえからな」

万年同心はそう言って、また天麩羅を口に運んだ。

「天麩羅はたねのほうが合図をしてくれますし、ほかの凝った料理は松吉さんがやってくれるので」

おちよは長吉屋から手伝いに来た若い料理人を立てた。

細工物のような手わざは得意だが、おちよは煮物などの味つけはいささか心もとない。ともすると、味がぶれてしまうのだ。

その点、天麩羅なら安心だ。どんなたねでも、火が通ったら浮いてきて音も小さくなる。たねのほうから知らせてくれる、とはそういうことだった。

相州《そうしゅう》の海のはたから来たとあって、松吉の魚の捌き方は堂に入ったものだった。師匠の長吉ゆずりの味の引き出しもある。なかなかに頼り甲斐のある助っ人だ。

「もうじき、その『凝った料理』をお出ししますので」

松吉は仕込みをしたものの按配を見ながら言った。

「楽しみだね」

と、隠居。

「それはそうと、おしんちゃんは呼び込みかい？」

元締めの信兵衛がたずねた。

「ええ。おそめちゃんと二人で、両国橋の西詰めまで行ってくれてます。ほんとによくやってくれてるので助かりますよ」

　おちよは軽く両手を合わせた。

「みなの力で、うまく穴が埋まってるみてえだな」

　隠密廻りの同心が言う。

「ほんとにありがたいことで。力屋の信五郎さんがいい魚を仕入れてくださるし」

　と、おちよ。

　朝と昼はおおむね豆腐飯で、活きのいい刺身と味噌汁と野菜の小鉢がつく。たまに干物や焼き魚に変わるくらいで、いたって代わり映えはしないが、食せばみな笑顔になるのがのどか屋の膳だ。

　値《あたい》も安い。それに、華のある着物をまとった娘たちが笑顔で運んでくれる。耳が三角なかわいい看板娘たちと、守り神と言うべき「もと娘」もいる。のどか屋の膳が売れ残ることはまれだった。

　ほどなく、約したとおり松吉が凝った料理を出した。

　桜鯛の入れ子締めだ。

　江戸の桜はもうだいぶ散ってしまったが、それはそれで風情《ふぜい》のある季《とき》だ。この季節の桜鯛を、まずは昆布締めにする。塩加減が難しい、玄人《くろうと》ならではの料理だ。

昆布締めの桜鯛の上に桜花の塩漬けをはらりと置き、さらに桜の葉で巻く。桜餅の餅の代わりに鯛が入っている要領だ。

「なるほど、入れ子締めに違えねえ」

万年同心がうなった。

「塩漬けの桜の葉を開けたら、桜の花びらをのっけた桜鯛が現れるわけだね。小粋な趣向じゃないか」

俳諧師の隠居が笑みを浮かべた。

「こちらは、煎酒《いりざけ》でお召し上がりくださいまし」

松吉が小皿をすすめた。

「こりゃ煎酒にかぎるな。つけるのが濃口醤油だったりしたら、桜の風味がなくなっていけねえ」

味にうるさい万年同心が言った。

「上役の安東さまなら、味醂を使われるでしょうけど」

おちよが言った。

「それも、どばどば上からかけたりするだろうよ」

万年同心は身ぶりを添えて眉をひそめた。

「まったくあの旦那、あんなに舌が馬鹿なのによく頭だけは回るなと、いっそ感心するほどだよ」

上役のいないところで、好き勝手に言う。

「こたびも知恵を巡らせたおつとめに出ておられるんですか?」

旅籠の元締めがたずねた。

「いや、なに……身内の恥みてえなもんだからよ」

万年同心は急に話をはぐらかしてしまった。

「それにしても、上品でいい味を出してるね、この入れ子の桜鯛は」

隠居の白い眉が下がった。

「ありがたく存じます」

若い料理人が一礼する。

「これだったら、時吉さんの居場所がないかもしれないよ」

信兵衛が戯れ言を飛ばした。

笑みを浮かべて何か言おうとしたとき、おちよはふとあいまいな顔つきになった。

心の臓が、きやりと鳴ったのだ。

おちよには勘の鋭いところがある。いままで、いくたびもその勘ばたらきで危ういところを切り抜けてきた。

いまの感じは、ことによると……。

そのとき、旅籠のほうののれんがふっと開き、おけいが戻ってきた。客室の飾りつけなどが終わったのだ。のどか屋の旅籠では、どの部屋にも季節の花が飾られる。いまはもちろん桜だ。

「支度が整いました」

おけいが言った。

「ご苦労さま。おけいちゃん、悪いんだけどね、わたし、竜閑町の安房屋《あわや》さんまで行ってくるわ」

おちよは思いがけないことを口走った。

「えっ、いまからですか？」

おけいが驚いたように問う。

「ちょっと仕入れで忘れたものを思い出したの。すぐ戻ってくるから」

おちよはそう答え、ただちに支度を始めた。

「そりゃ大変だな」

万年同心に会釈をすると、ややあっけにとられている隠居たちを残し、おちよはのどか屋を出た。

しかし……。

おちよがまず行こうとしていたのは、竜閑町の醤油酢問屋ではなかった。

出世不動《しゅっせふどう》だった。

のどか屋が三河町《みかわちょう》にあったころから、折にふれてお参りしてきた場所だ。いくたびも願《がん》を懸けてきた。

急いで出世不動へ行かなければ。道中、二人の身に何事もないようにと祈らなければ……。

おちよはそんな胸さわぎを覚えていた。

「みゃあ」

見世の前の樽に乗っていたのどかが、妙に心細そうな声でないた。

「大丈夫よ、のどか」

守り神の猫に声をかけると、おちよは足を速めた。

三

帰りも境宿に泊まり、翌日は早めに野田に着いた。

花実屋のほかにも醬油づくりは多い。近在から出稼ぎに来る者たちも多く、町には活気があった。立派な蔵を持つ問屋も目立つ。

「そろそろ着きますぜ」

駕籠屋の先棒が言った。

「この蔵の並んでる通りを突っ切っていきゃ、すぐそこが花実屋でさ」

後棒が和す。

「千ちゃん、あるく」

千吉がだしぬけに言った。

「ここから歩くか?」

時吉が問う。

「うん」

わらべは力強くうなずいた。

「ようがすよ」

「ここで降りてもらったほうが好都合でさ」

駕籠屋は足を止めた。

中からまず千吉が、続いて時吉が降り立った。

「ご苦労様」

「なんの。お代は前金でもらってるんで」

「花実屋の旦那に言っといてくだせえよ。最後に楽をしたわけじゃねえって」

駕籠屋が日焼けした顔に笑みを浮かべた。

「分かったよ。ちゃんと伝えておく」

時吉は請け合った。

「なら、坊、元気でな」

「うん。ありがたくぞんじました」

「おお、すげえあいさつができるんだな」

駕籠屋はそう言って、千吉のかむろ頭に手をやった。

こうしてひと幕が終わり、駕籠屋は去っていった。

「荷車に気をつけろよ」

時吉は声をかけた。

「うん」

野田の通りが面白いらしく、千吉はどんどん前へ進んでいく。そのうしろ姿を見ながら、時吉は思った。

いまはいいほうの右足にばかり重みをかけている。だいぶ良くなってきたのだから、いま少し左足を使えればいいのだが……。

そんなことを考えながら、時吉は跡取り息子の背を見ていた。

野田でいちばん繁華な通りで、人影がとぎれることはなかった。両側に蔵のある立派な見世が並ぶ通りを、さまざまな風体《ふうてい》の棒手振りやあきない人《びと》が通る。なかには珍しいあきないもあった。背に負った箱に「おかき　せんべい」と記されている。

野田は醤油の町だ。特産品をつかったせんべいを売るあきないがあっても、いっこうにおかしくはないだろう。

時吉はそう考えた。

頰かむりをしたせんべい売りは千吉を追い越し、ふと見世のほうを見た。廻船問屋《かいせんどんや》のようだ。

そのとき、千吉が振り向いた。

そして、大声で時吉に向かって言った。

「おとう、やっしだよ！」

道行く者が思わず振り返るほどの声だった。

「せんべいやじゃないよ。じへいさんとちがうよ」

息せききって告げる。

やつし、と言われた男はやにわに振り向き、はっとしたように時吉を見た。

頬かむりをしていても、目だけははっきりと見えた。

ひとすじの糸がつながった。

たった一本の糸だが、それは結城紬の糸のごとくに勁《つよ》いものだった。

この目……どこかで見たことがある。

「影殿の竜二！」

盗賊の名を呼ぶと、まぎれもない証《あかし》がその目に浮かんだ。

当人でなければ、明らかな動揺の色など見せないだろう。

「おとう」

千吉が必死に駆け寄ってくる。

「千吉！」

時吉はわが子を守ろうとした。

盗賊が素早く動けば、人質に取られてしまう。

それを恐れたのだ。

そのせいで、見えなかった。

盗賊は一人ではなかった。

影殿の竜二とつかず離れずで動いていた手下もいたのだ。

「食らえっ！」

斜め後ろから、長脇差《ながどす》が振るわれた。

まったく見えていなかった。

長脇差の刃は、時吉の背をしっかりととらえていた。

四

やられた……。

束の間、時吉はそう思った。

千吉を助けることで精一杯で、隙ができたところを突かれ、うしろからばっさりと斬られてしまった。

思い過ごしではなかった。刃の重みも感じた。

だが……。

ふしぎに痛みは感じなかった。

ゆえに、体は動いた。

「逃げろっ」

千吉を半ば突き飛ばすように賊から遠ざけると、時吉はとっさに柔《やわ》ら術《じゅつ》の受け身の体勢を取った。

大和梨川藩の禄《ろく》を食《は》んでいたときは、剣術では右に出る者がなかった。それればかりではない。柔ら術や槍術《そうじゅつ》などの心得もある。そういった若き日の修行が、危難の際に役に立った。

「死ねっ」

盗賊の手下の剣が、上からまともに振り下ろされてきた。

心の臓めがけて振り下ろされてきた剣を、時吉は身をよじってよけた。

間一髪《かんいっぱつ》だった。
なにぶん背に袋を負うている。自在に動くことができない。
しかし……。
思案する前に、次の動きが出た。
足払いだ。
一閃《いっせん》した時吉の足は、盗賊の手下の足を見事に払った。
「うわっ」
軸になる足をすくわれた手下は前のめりに倒れた。
いまだ。
時吉は素早く飛びかかり、馬乗りになって敵の手首をねじりあげた。
渾身の力をこめて逆《さか》さにねじると、ぽきりと乾いた音が響いて長脇差が落ちた。
それをつかむと、時吉は有無を言わさず斬って捨てた。
「ぐえっ」
盗賊の手下は叫んだ。
すぐさま心の臓を貫く。敵はそれでおとなしくなった。
「御用だ」

「御用！」

宿場役人がわらわらと駆けつけ、盗賊に向かって捕物の刺股《さすまた》などを突きつけていた。

影殿の竜二の正体がばれたのは、野田でいちばんの大通りだった。盗賊が近在を荒らしまわっていることは重々分かっている。狙いをつけるとすれば、蔵が並ぶこのあたりに違いない。

というわけで、大店《おおだな》からの要請もあり、宿場役人が忍びでいくたりも見張りの目を光らせていた。

もう一人の手下は取り押さえられた。

泣きながら逃げていった千吉も、役人が首尾よく保護した。

残るは、盗賊のかしらだけだ。

「神妙にしろ」

捕り方に囲まれ、逃げ道をふさがれても、影殿の竜二はなおも刀をやみくもに振り回して逃げようとした。せんべい売りに身をやつしていたが、背にはひそかに長刀を負うていた。

捕り棒で肩のあたりに一撃を食らったが、どうにか振り払い、街道筋を走り去ろうとする。

「待て」
盗賊の前に、時吉が立ちはだかった。
影殿の竜二の形相が変わった。
殿と見まごうまでの上品な顔立ちと評された面は、醜くゆがんでいた。
「きえーい！」
奇声を発し、正面から斬りこんでくる。
一刀流の剣だ。
だが……。
時吉は即座に剣筋を見切っていた。
身をさっと横にかわし、鋭く剣を振り下ろす。
遠目には、相打ちに見えた。
どちらの剣も、敵の身を瞬時に切り裂いたように見えた。
しかし、勝者は一人だけだった。
盗賊の手首は、物の見事に切り落とされていた。
「ぐえええっ」
がっくりとひざをつき、影殿の竜二は目を瞠《みは》った。

「縄を！　血止めをすれば助かるぞ」

時吉は捕り方に言った。

「へい」

「合点で」

たちまち網が絞られ、悪名高き盗賊は縄目を打たれた。

時吉がとどめを刺さなかったのは、むろん温情ではない。お仕置きにする前に、ほかの手下の居場所や、いままでの悪事などについて洗いざらい吐かせるためだった。

かくして、影殿の竜二は捕縛された。

時吉は賊の血で汚れた長脇差を地面に棄てた。

思わぬ成り行きでまた剣を執《と》ってしまったが、おのれが握るべきものは人を殺《あや》める刀ではない。

包丁だ。

「おとう！」

顔をくしゃくしゃにして、千吉が駆け寄ってきた。

「よくやったぞ」

いちばんの功を示した息子に向かって、時吉は笑顔で両手を差し出した。

第九章　筍膳

一

ぱりっ。

花実屋の座敷で心地いい音が響いた。

「豪快な食べっぷりですな、坊っちゃん」

あるじの喜助が笑みを浮かべた。

「いくらでも召し上がってくださいましな。千吉坊っちゃんのおかげで、野田の町が救われたんですから」

番頭の留吉が和す。

立ち回りのあと、時吉はその場で役人から取り調べを受けた。おのれの身元と、今日は花実屋に泊まる旨を告げると、いち早く醬油づくりに知らせがもたらされた。

おかげで、花実屋に戻るなり、時吉と千吉はこれ以上ないというほどの盛大な歓迎を受けた。いま顔ほどもある焼きたてのせんべいが出され、千吉がぱりぱり食べはじめたところだ。

「いくらでも焼くからな、千坊」

せんべい焼き職人の治平が言った。

「そうそう、坊っちゃんの働きで盗賊が捕まったんだから」

「八州廻りの旦那も捕まえられなかった名うての悪党のやつしを見破ったんですから、たいしたもんですよ」

あるじと番頭がほめたたえる。

だが、せんべいをもぐもぐと食べていた千吉は、顔を横に振った。

「ひへえはんの……ほぐほぐ」

「口の中が落ち着いてから言え、千吉」

時吉が笑って言った。

「……じへいさんの、おかげだから」

わらべは思いがけないことを口走った。

「おいらの？」

治平は目をまるくした。

「おいら、何にもしてないよ」

　せんべい焼きは意外そうな顔つきになった。

「千ちゃん、じへいさんのせんべいやきをみてたから、とうぞくのやつしがわかったの。だから、じへいさんのおかげ」

千吉はそう言った。

「なるほど、本物のせんべい焼きの仕事ぶりを間近で見て、焼きたてのせんべいも食べていたから、盗賊のせんべい売りはやつしの偽者だと気がついたわけですね。たしかに、治平のおかげかもしれない」

あるじの喜助はひざを打った。

「そうかい……そりゃ、嬉しいな」

せんべい焼きは素朴な笑みを浮かべた。

「だったら、坊やの名を取ったおせんべいを売り出したらどうかしら」

おかみがいささか唐突《とうとつ》なことを口走った。

「千吉焼き、ですか？」

時吉が驚いて言う。

「千ちゃんのおせんべい？」

千吉も目をまるくした。

「ああ、それはいい考えかもしれないね。焼き鏝《ごて》に似面《にづら》を按配して、せんべいにじゅっと押しつければ、そのうち本当にできそうだ」

喜助はただちに乗ってきた。

「焼き鏝の職人さんなら、手前にあたりがあります」

留吉が手を挙げる。

「じゃあ、任せるよ、番頭さん」

「うちの蔵人に、似面が得意なやつがいまさ」

蔵人頭の市造が言った。

「だったら、善は急げだ。手が空いたら呼んできておくれ」

「へい」

段取りがどんどん進み、もろみの香りとともに蔵人が座敷に入ってきた。

初めは堅い顔つきだった蔵人だが、いざ筆を執ると、玄人《くろうと》はだしの達者な腕前を披露しはじめた。

「そうそう、笑っておくんなせえ」

千吉に笑顔を向けながら言う。

「こう?」

わらべが笑うと、座敷じゅうに和気が満ちた。

「おせんべいを食べてるところもいいわね」

知恵の回るおかみが言った。

「なるほど。せんべいを食べているところを焼き鏝にしてもらうんだね。どうだい、できそうかい?」

あるじは番頭にたずねた。

「腕のいい職人さんですから、なんとかしてくれるでしょう」

留吉はそう答えた。

ほどなく、幾枚かの似面ができた。仕事を終えた蔵人は、酒手をもらって上機嫌で蔵へ戻っていった。

「では、せんべいができましたら、あきないのついでにのどか屋さんへお届けにあがりましょう」

番頭はそう請け合った。

「わあい」

千吉は満面に笑みをたたえると、残ったせんべいをまたかりっとかんだ。

二

「では、本当にお世話になりました」

時吉が頭を下げた。

「また江戸に出たら、のどか屋さんにうかがいます。その節はどうかよしなにお願いいたします」

あるじの喜助がていねいに一礼した。

「江戸のお料理、おいしゅうございました。花実屋で働いている者たちは、この先ずっと忘れないと思います。ありがたく存じました」

おかみも礼を述べた。

「千坊、これ、まだ顔はついてねえけど」

治平がそう言って、道々のおやつにとせんべいの袋を渡した。

「うん……ありがとう」

別れがつらいのか、いくぶん涙目で千吉は受け取った。

「なら、お供させていただきます」

番頭の留吉が言った。

すでに駕籠の用意はできていた。時吉と千吉が乗りこむ。

「では、ごきげんよう」

短い間だったが、長く残る思い出ができた。

思いをこめて、時吉は言った。

「ごきげんよう！」

千吉がおうむ返しに言うと、見送りの人々の顔に笑みが浮かんだ。

「道中、お気をつけて」

「お達者で」

情の厚い野田の醬油づくりの人々に送られて、のどか屋の父と子は帰りの駕籠に乗りこんだ。

時吉の隣に千吉が坐る。

背に負うていた袋を、時吉はひざの上に置いた。荷になるからと、もう一挺の駕籠で進む番頭が持とうとしたが、これはぜひとも手元に置いておきたかった。

袋の中には、命の恩人とでも言うべきものが入っていたからだ。

結城で買った、桐の下駄だ。

おちよの土産のために買った下駄が、楯《たて》の代わりをしてくれた。あと少し刃がそれていたら、間違いなく背を斬られていただろう。

この下駄が、命を救ってくれた。

そう思うと、番頭に預けるのは忍びなかった。江戸までわが手で大事に運んでやりたかった。

下駄の右足のほうには刃が深く食いこんだらしく、斜めに殺《そ》がれて無残なありさまになっていた。置き物か猫のおもちゃにするしかないが、是非もない。

ともかく、この下駄をあがなわなければ、命はなかったかもしれない。まったくもって、危ないところだった。

その後の旅は滞りなく進み、千住宿に着いた。

柳屋のあるじとおかみも笑顔で出迎えてくれた。さっそく荷を下ろしたが、ゆっくりしてはいられなかった。

今回の旅には、最後にもう一つ行くところが残っていた。

幸い、まだ日が暮れるまでには間がありそうだった。

時吉は千吉をつれて、骨つぎの名倉医院へ向かった。

三

「ちょっと試し歩きをしてみてください」

名倉の若先生が笑顔で言った。

いつものように患者は諸国から詰めかけていたが、ていねいに千吉の足を診てくれた。その診立てによると、千吉の左足は使っていけばしだいにまっすぐになっていくだろうということだった。

いまはいちいち右足に重みをかけて歩いている。そのほうが歩きやすいのだから当然のことだ。

ただし、それを続けていると、使われない左足を鍛えることができなくなってしまう。測ってみたところ、右のほうが左よりだいぶ太くなっている。これが同じくらいの太さになれば、よりなめらかに歩けるようになるという話だった。

では、そのためにはどうすればいいか。

名倉の若先生は、一風変わった道具を示した。左のひざに添え木のようなものを装着し、身の重みをかけて歩けるようにした道具だ。

「こう？」

いくらかあいまいな顔つきで、千吉が試し歩きをした。

「もっと左に身の重みをかけて……そう、左に身を寄せても、添え木が支えてくれるからね」

「うん」

千吉はおっかなびっくり足を動かしはじめた。

「そう、その調子」

若先生の声が高くなった。

「いいぞ。その要領で歩けるようになったら治るからな」

時吉も励ます。

「いいでしょう」

名倉医院を継ぐ医者は、ぽんと手を打ち合わせた。

「今後は欠かさず添え木をして、左足に重みを乗せて歩くようにしてみてください。ただし、下がぬかるんでいるときなどは十分に気をつけて」

「承知しました」

時吉がうなずく。

「では、当面は季節に一度、千住に足を運んでいただけますでしょうか。足がだんだんに治ってくれれば、半年に一度、あるいは一年に一度くらいの割りでもよくなると思いますので」

「そういたします。もっと早くこちらにうかがえば良かったんですが」

時吉はいくらか後悔の色を浮かべて言ったが、若先生は笑って答えた。

「いや、この添え木を案じ出したのはつい最近ですから、ちょうどいいときに来られたと思いますよ」

その言葉を聞いて、時吉はほっとするような心地になった。

柳屋の夕餉は筍づくしだった。

「坊っちゃんのおみ足がまっすぐになるようにと、願いをこめて筍づくしにさせていただきました」

「もちろん、名物の鰻もございますので」

あるじとおかみがにこやかに膳をすすめた。

「ありがたく存じます。これは品《ひん》のいい盛り付けですね」

時吉が示したのは、黒い平皿に盛られた筍ご飯だった。

「はい、棒寿司の要領でつくってみると、見た目がまた違ってくるのではなかろうかと、料理人と思案をいたしまして」

あるじは少し自慢げに答えた。

「普通の椀によそってやるより、ご飯をまっすぐに盛り付けたほうが、いかにも筍らしいです」

「木の芽も散らされていて、いい按配ですね」

花実屋の番頭の留吉も目を細くした。

ほかには、緑が鮮やかな木の芽和え。若竹汁に南蛮炒めに味噌田楽《でんがく》。まさに筍づくしの膳だった。その中心に、どっこい主役はこちらだぞとばかりに、鰻の蒲焼きが恰《かっ》幅《ぷく》のある姿を見せている。

「では、どうぞごゆっくり」

「ご飯はお代わりもございますので」

柳屋のあるじとおかみは、いい呼吸《いき》で下がっていった。

いつもならそろそろ寝る時分だが、千吉はまだ瞳を輝かせて、おいしそうに箸を動かしていた。

「明日はのどか屋に帰れるな」

時吉が言った。

「ねこ、みんないるかな?」

わらべが小首をかしげる。

「そりゃいるさ。みんな、帰りを待ってるよ」

時吉が言うと、千吉はにこっと笑い、筍の味噌田楽を口いっぱいに頬張った。

四

「ついこないだ花見をしたばっかりなのに、あっという間だねえ」

岩本町の名物男、湯屋のあるじの寅次が言った。

「そのうち、川開きになって暑い夏が来て……」

野菜の棒手振りの富八が言う。

「秋が来て雪が降って、また年が明けて花見か」

年がら年中、花見でもしていそうなお祭り男が、妙にしみじみとした口調で言った。

「どんどん歳を取っていくわけだね。そろそろお迎えも近いだろうよ」

一枚板の主の隠居が言った。

「ご隠居さんはまだまだお達者でしょうに」

その隣で、元締めの信兵衛が座敷から声をかけた。

今日は一枚板の席ではなく、同じ「信」の字がつく力屋の信五郎とともに小上がりの座敷に陣取っていた。ほかに、相州から来た二人の泊まり客も座敷にいる。今日ものどか屋は千客万来だ。

「いやいや、そう言われながらずいぶん経ってしまったからね。いつまでのどか屋に通ってこんなおいしいものを食べられるかどうか」

隠居はそう言って、桜海老のかき揚げをぱりっとかんだ。

かんだ刹那《せつな》に、海老の濃い香りがふっと伝わってくる。まさに口福のひと品だ。

「もし寝込まれたら、おいらが料理を運びまさ」

気のいい棒手振りが天秤棒をかつぐしぐさをした。

「おお、そりゃあきないになるかもしんねえな」

寅次が打てば響くように言った。

「なるほど。見世へ通えないお客さんのために出前をして回るわけですね」

力屋のあるじが軽くひざを打つ。

「それは重宝《ちょうほう》かもしれないね。そういった出前の来る隠居所なんかをつくるのもいいかもしれない」

元締めが腕組みをした。

「内湯があったら、もう言うことないね」

と、寅次。

「それだったら、湯屋の客足が落ちてしまいますよ」

おちよがすかさず言う。

「そりゃ困る。取り消しだ」

湯屋のあるじがあわてて手を振ったから、のどか屋に和気が満ちた。

「この煮浸しも、品のいい味付けですね」

相州から来た客がうなる。

「ほんに、小松菜のしゃきしゃきした感じと、油揚げがうまい具合に響き合ってます」

もう一人の客が和す。

顔が似ていると思ったら、実の兄弟らしい。江戸へは田端《たばた》村の与楽寺《よらくじ》の御開帳を目当てに出てきたという話だった。

「鹿骨《ししぼね》の産の小松菜だからね。土がいいから、ことにうまいよ」

野菜を運んできた富八が得意げに言った。

「鹿島《かしま》神宮の遣いの鹿が埋まってるところだからね。そりゃ土がいいはずだよ」

物知りの隠居が言う。

「と言いますと？」

酌をしてから、おけいがたずねた。

「奈良の春日大社《かすがたいしゃ》の鹿は、もともとは鹿島神宮から来たものなんだ。神鹿の背に御神体を載せて、はるばる運んで行ったんだね」

「へえ、そうなんですか」

「ただし、なにぶん長旅だ。途中で亡くなる鹿もいた。その骨を埋めたところだから、鹿骨という名になったんだ」

隠居は得意げに教えた。

「そこが小松菜の特産地になって、いまこうして料理を食ってるわけか」

「これだけで江戸へ来た甲斐があったな」

相州から来た兄弟がうなずいたとき、厨の隅で寝ていた猫のちのがむくむくと起き上がり、

「うみゃ」

と、ひと声ないて表へ飛び出していった。

ひょっとして……。

ふと思い当たり、おちよはあわてて手をふきはじめた。

五

ほどなく、のどか屋の前で駕籠が止まった。

「あっ、ちのちゃんだ!」

駕籠から下りるなり、千吉が声をあげた。

「出迎えか。偉いな」

時吉も猫に向かって言った。

ちのに先んじられたが、のどかとゆきもどこからか現れ、千吉と時吉の足に身をすり寄せはじめた。どうやら飼い主を忘れてはいないらしい。

もう一挺の駕籠から花実屋の番頭の留吉が下り、駕籠屋に支払いを始めた。

「はい、毎度あり」

「またよろしゅうに」

駕籠屋はえびす顔で言うと、調子よく駕籠をかついでいった。

出迎えたのは、むろん猫ばかりではなかった。

「お帰りなさい」

ほっとした顔で、おちよが告げた。

「おかあ」

千吉が速足で近づく。

「あれ、どうしたの、その足」

おちよは左足を指さした。

「帰りに千住の名倉医院に寄ってきてな。その添え木を付けて、左に身の重みをかけて歩く稽古をすれば、だんだんまっすぐになっていくという話だった」

時吉が説明する。

「そう。それは良かったわね」

おちよは笑みを浮かべた。

「働きだったんですよ、千吉坊っちゃんは」

駕籠を見送ってきた留吉が笑顔で告げた。

「まあ、花実屋の番頭さん、何から何まで、お世話をかけました」

おちよが深々と礼をした。

「いえいえ、こちらこそ、お世話になりました」

「まあ、とにかく入って荷を下ろしてくださいな」

久々にのどか屋ののれんをくぐると、ほうぼうから声が飛んだ。

「よっ、待ってました」

湯屋のあるじが言う。

「お帰りなさいまし」

おけいを筆頭に、留守を預かっていた娘たちが声をそろえる。

「無事のお帰りだね」

隠居が温顔をほころばせた。

「ずいぶん大きくなったように見えるね、千坊」

元締めが指さす。

「うん、大きくなったよ、千ちゃん」

わらべは胸を張った。

その後は、座敷に詰めて坐り、旅の土産話になった。

千吉の働きで盗賊が物の見事にお縄になったくだりでは、またほうぼうから歓声が上がった。

「……で、土産話のほかに、土産も」

話が一段落したところで、時吉は袋から土産を取り出した。

まずは、結城紬の鼠だ。

「まあ、かわいい」

手伝いのおしんが目を細くした。

「着物や帯じゃないの？」

おちよがいたずらっぽい表情で問うた。

「ちょいと高かったからな。その代わり、買ったものがあるんだが……」

時吉はあいまいな顔つきで告げると、例の桐下駄を取り出した。

「この片方の下駄は？」

おちよはいぶかしげな表情になった。

「履けなくて悪いが……」

そう前置きしてから、時吉は言った。

「この下駄が、わたしの命を救ってくれた。だから、縁起物としてどこかに飾っておくといい」

「おまえさんの命を？」

「それはどういうことだい？」

隠居が問う。

一つ咳払いをすると、時吉はおもむろに仔細を語りだした。

「そうだったの……」

やがて話を聞き終えたおちよは、感慨深げな顔つきになった。

その脳裏に、出世不動の小さな鳥居の姿がありありと浮かんだ。

第十章　ふわたまがけ

一

「こりゃあ、ゆくゆくはおれの後釜がつとまるぜ」

安東満三郎がそう言って、わが胸を指さした。

旅の始末をきれいにつけて、あんみつ隠密がのどか屋へ帰ってきた。いま、その口から思わぬ話を聞かされたところだ。

「どうだい、千坊。旦那の後釜になって、悪いやつらを退治するかい?」

万年平之助がたずねた。

「それとも、おとうの跡を継いで料理人になる?」

おちよが問う。

わらべはひと呼吸置いてから答えた。

「んーと、りょうりにん！」

その答えを聞いて、厨の時吉は笑みを浮かべた。

「そりゃそうだな。おとっつぁんの後を継いで料理人になるのがいちばんだ」

安東がうなずく。

「でも、わらべの時分から盗賊のやつしに気づいて、ひっ捕まえる元になったんだ。ただの料理人にしとくのは惜しいぜ」

万年同心が言った。

「そうだな。その盗賊を責め問いで吐かせて、うしろで暗躍していた巨悪まで退治することができたんだから。……お、眠いかい？」

急にあくびをした千吉を見て、あんみつ隠密が声をかけた。

もう外はだいぶ暗くなってきた。横山町のそこここの旅籠の軒行灯《のきあんどん》に灯がともる頃合いだ。

「じゃあ、寝ておいで」

おちよが声をかけた。

「うん」

千吉はこくりとうなずき、もう一度あくびをした。

「まあ、しかし……」

跡取り息子が一人で寝に行ったあと、安東満三郎が口を開いた。

「考えてみりゃ、世も末だぜ、こたびの始末はよ」

あんみつ隠密はそう言って、猪口の酒を苦そうに呑んだ。

「おれも『身内の恥になるから』と言葉を濁してたんで」

万年同心が言う。

「恥も恥、大恥さ。影殿の竜二をはじめとする盗賊からあがりをかすめ取っていやがったのは……」

黒四組のかしらはひと呼吸置き、顔をしかめてから続けた。

「八州廻りだったんだからな」

二

安東満三郎は、かつてのどか屋でこう言った。

「おう。ちょいと八州の代わりをやんなきゃならなくなってな。江戸のほうは頼むぜ、平ちゃん」

　なぜ黒四組のかしらが「八州の代わり」をつとめなければならないのか、ずっと腑に落ちなかったのだが、その謎の霧がいまきれいに晴れた。

　また、時吉はあんみつ隠密とこんなやり取りをしていた。

「あちらのほうへお出ましということは、影殿の竜二という盗賊がらみでしょうか」

「そうだな。ちょうど八州廻りもそのあたりにいるらしい」

「では、力を合わせてお縄に」

　時吉はそう言ったが、あんみつ隠密は妙な顔つきになっただけで、何も答えなかった。

　無理もない。

　あんみつ隠密がひそかに追っていたのは、当の八州廻りだったからだ。

「まったくひでえ話だぜ」

　安東満三郎は吐き捨てるように言った。

「盗賊を追ってお縄にしなきゃならねえお役目なのによ。その盗賊を鵜飼《うか》いの鵜みてえに使って、上前《うわまえ》をはねてやがったんだぜ」

「まあ、まじめにやってる八州廻りもいるでしょうが」

万年同心が言う。

「いなくてどうするよ。その八州廻りのあたりから良からぬうわさが聞こえてきたんで、黒四組のおれに白羽の矢が立ってひそかに追ってたんだが、だいぶ後味の悪いつとめだったな」

あんみつ隠密が顔をしかめた。

「なら、ちょいと後味のいいものを」

万年同心が頼む。

「承知しました」

時吉が手を動かしているうちに、湯屋から泊まり客が帰ってきて座敷に陣取った。

二人は武州《ぶしゅう》の与野《よの》から江戸見物に来た乾物屋の主従、いま一人は花実屋の番頭の留吉だった。道々、早くも打ち解けたらしく、のどか屋が急ににぎやかになった。

「はい、お待ち」

時吉が料理を出した。

「お座敷にもいまお持ちしますので」

おちよが笑顔で言った。

客に出されたのは、高野豆腐のふわたまがけだった。

ふわたま、とは、ふわふわ玉子の略だ。

溶《と》き玉子をあつあつのすまし汁に流しこむと、淡雪のようにふわりと盛り上がる。むろん、ふわふわ玉子だけ食してもうまいが、高野豆腐にかけて一緒に食べると、たとえ心持ちがとがっていてもにわかにまるくなる。実にほっこりとした味だ。

「こりゃあ、うめえ」

あんみつ隠密がうなった。

「甘え、じゃないんですか、旦那」

万年同心がねじくれたことを言った。

「高野豆腐も玉子も甘え」

あんみつ隠密がそう言い直したから、のどか屋に和気が満ちた。

「ほんに、上品なお味ですね」

醬油づくりの番頭が顔をほころばせる。

「うちじゃ出ない料理だね」

「江戸へ出てきた甲斐がありました、旦那さま」

与野の乾物屋の主従も笑顔だ。

ほどなく、また二人の客がのれんをくぐってきた。

大和梨川藩の勤番の武士たちだった。

三

「急で相済まないのですが、宿直《とのい》の弁当を四人前お願いできますでしょうか」

さわやかな剣士の杉山勝之進が申し訳なさそうに頼んだ。

「段取りが悪くて相済みません」

眼鏡をかけた寺前文次郎も頭を下げる。

「四人前ですね。いくらか時をいただければおつくりします」

時吉は気安く請け合った。

「では、場を詰めましょう」

番頭の留吉がすかさずひざを浮かせた。

身分は違っても、同じのどか屋の客だ。五人が座敷に座ることになった。

そこへゆきがひょこひょこと入ってきた。

「おっ、子を産むのかい、おまえ」

猫の腹のふくらみを目ざとく見つけて、寺前文次郎が言った。

「ええ。いかがです？　生まれたら」

おちよが水を向ける。

「まだ決まってないんでしょうか」

「うちの猫は福猫だという評判が立ったもので、決まりだしたらばたばたと決まると思うんですが」

おちよは縞模様のある白猫を指さした。

「鼠はよく捕りますか？」

杉山勝之進がたずねた。

「ええ。うちの血筋は鼠捕りの名人……じゃなくて、名猫ですよ」

おちよが言うと、ゆきが「そうだにゃ」と言わんばかりに体をぺろぺろなめだした。

「では、うちの屋敷に頂戴できますでしょうか。このところ、鼠が増えてきて往生《おうじよう》してるんです」

と、杉山。

「ほんまに、かなんことで」

寺前も上方《かみがた》なまりで和した。

そう請われたら、断る理由はない。ゆきがやがて産む子猫たちは、大和梨川藩の下屋敷へもらわれていくことに決まった。

ちょうどあんみつ煮ができた。油揚げの甘煮は宿直弁当の具にもなる。ほかに、彩りが美しい赤貝と菜の花の二杯酢、小松菜の胡麻和え、小芋の煮付け、次々に弁当の具ができあがっていく。

ふわふわ玉子は固まってしまうから弁当には向かないが、高野豆腐はちょうどいい。お重は少しずつ埋まっていった。

そうこうしているうちに、座敷の話が思わぬほうへ運んでいった。

寺前文次郎が碁の名手だと知って、与野の乾物屋のあるじが「ぜひご指導ください」と身を乗り出してきたのだ。当人は「下手《へた》の横好き」と謙遜しているが、それなりに覚えはあるらしい。

「碁盤と将棋盤なら、旅籠のほうに用意がありますので、取ってまいりましょうか」

おちよが申し出た。

「なら、手前も手伝いましょう」

留吉がさっと腰を上げた。

そんな按配で、座敷で指導碁が始まった。

「これ、駄目よ」

おちよがたしなめたのは、猫のちのだった。

碁石に興味津々《しんしん》で、ちょいちょいと手を伸ばしてくる。そのうち、ゆきとのどかまで手を出すようになったから、おちよが首根っこをつかんで土間に下ろした。

「邪魔しちゃ駄目」

「おい、こっち来な」

あんみつ隠密が呼ぶ。

「旦那は顔が怖いから来ませんぜ」

と、万年平之助。

「おめえに言われたかねえや」

上役がそう言うと、何を勘違いしたのか、のどかが妙に高い声で「みゃあ」とないた。

「お強いですな、お武家さま。これはいけません」

大石を召し捕られた乾物屋のあるじが投了した。

「なかなか筋のいい碁でした」

寺前文次郎が上機嫌で言った。

「文次郎は御城碁でも打てそうな腕前なので」

杉山勝之進が朋輩《ほうばい》を立てる。

「手前の碁のどこがまずかったでしょうか」

乾物屋が問うた。

「生きている石の近くは小さいのです。生きている石から少し地を増やすだけの手が多く、大勢《たいせい》に後《おく》れを取ってしもうたのではなかろうかと」

「なるほど……勉強になりました」

与野から来た客は一礼した。

その様子を見て、時吉がおちよに目配せをした。

「お弁当ができましたので」

と、ずっしりと重い風呂敷包みを渡す。

「おお、手数をかけました」

杉山勝之進が白い歯を見せた。

「かたじけない。碁を打っていて見ていなかったので、蓋を取るのが楽しみです」

寺前文次郎が和す。

「ところで、出世した二人はどうなんだい。何か便りはあるかい？」

安東満三郎がたずねた。

「ああ、そうそう、このあいだ文が来ました」

寺前が笑みを浮かべて答えた。

「気張ってやってるのかい」

万年同心が問う。

「はい。お役目は気を入れて励んでいるようですが、嘆き節もかなり」

杉山が答える。

「何か不都合なことでも?」

おちよの問いに、背筋がぴんと伸びた青年剣士は、また白い歯をのぞかせて答えた。

「大和梨川は飯が貧相でかなわん。江戸ののどか屋の料理が恋しい、と」

四

「それはそれは、大変なことでございました」

おちよが気の毒そうに言って、客に茶のお代わりを差し出した。

「相済みません。つい愚痴をこぼしてしまいまして」

客がすまなさそうに言う。

越中富山《えっちゅうとやま》の薬売りだった。

「案じるなと言うほうが酷だろうが、町中じゃないのなら、きっと無事だよ」

一枚板の席から、隠居が温顔で言った。

「はい……神仏に祈りながら、帰ります」

薬売りはそう言って、おもむろに腰を上げた。

朝がた雨が降ったせいか、今日は珍しく二幕目まで豆腐飯が余っていた。おけいが呼びこみをしたところ、いくらか迷ってから入ってきたのがその薬売りだった。

豆腐飯をかみしめるように食しているうち、薬売りの目尻からほおにかけて、次から次へと涙があふれていった。

おちよがどうにも気になって、それとなくたずねてみたところ、涙を流したわけがわかった。

四月の二十三日に、越中の富山で大火があり、町の大半が焼けてしまったらしい。城も丸焼けになり、藩主はからくも焼け残った家老の屋敷へ身を寄せているというわさだった。

男は郷里に家族を残し、薬を売りながら諸国を回っているところだった。果たして無事か、と案じ出したらおのずと涙があふれてきた。

「豆腐飯があまりにもおいしいもので、おのれだけこんなものを食ってすまないと思うと、もうこらえ性がなくなってしまいまして……」

薬売りはそう言って、袖を顔に当てたものだ。

「つらいね」

その薬売りの背を見送ってから、隠居がぽつりと言った。

「江戸を離れてみると、諸国の広がりが身にしみて感じられました。どの土地も、息災で平らかであればいいのですが」

時吉が言った。

「そのとおりだよ。災いはいつ何時《なんどき》、どこへ降りかかってくるか分からないからね」

隠居がしみじみとした口調でそう言ったとき、またのれんが開いて客が入ってきた。

「いらっしゃいまし……ああ、これは」

おちよの表情が変わった。

のどか屋に入ってきた二人の客は、結城紬をまとっていた。

五

「今日は忍びゆえ、紬問屋のあるじと番頭ということで」

座敷に移ってきた時吉に向かって、水野結城藩士の小針猛之進が小声で言った。

「承知しました」

厨はおちよに任せた時吉がうなずく。

表では「ひい、ふう、みい、よう……」と掛け声を発しながら、千吉が歩く稽古をしている。左の添え木にもだんだん慣れてきたらしく、びっくりするほど速く歩けるようになってきた。

「ただ、結城紬も土産に持ってきましたぞ。これはおかみに」

番頭役の大河原忠兵衛がそう言って示したのは、淡い薄紅色の羽織だった。

「まあ、ありがたく存じます。そんな値の張るものを」

おちよが申し訳なさそうな顔つきになった。

「ずいぶんと手間暇のかかっていそうな紬だね」

隠居が目をしばたたかせる。

「勝手にのどか屋を名乗らせてもらった罪滅ぼしなので」

大河原忠兵衛は笑みを浮かべた。

「ありがたく頂戴します。結城の土産に買った鼠の置き物は、こいつらにやられてしまいましたから」

時吉は座敷の隅で丸まって寝ている猫たちを指さした。

「紬でも、鼠と分かるんでしょうか」

あるじ役の小針猛之進がいぶかしげな顔つきになった。

「さあ、どうでしょうか。猫の思案していることは分かりませんが」

時吉は苦笑いを浮かべた。

そこでおちよが肴を運んできた。

独活の煮付けに、独活の皮の金平《きんぴら》、それに、鰆《さわら》の塩焼きだ。鰆にはさわやかな木の芽酢をかける。ほどよく焼くと実にうまい。

「これは家宝にさせていただきます。本当にありがたく存じます」

肴をひとわたり置くと、おちよは結城紬の羽織を押しいただくように受け取った。

「……で、今日は伝えておきたいことがござってな」

おちよが下がったところで、小針猛之進が口調を改めた。

「大殿、のことでございますか」

時吉は声をひそめた。

「さよう」

小針猛之進は、注がれた猪口の酒を苦そうに呑んだ。

「いよいよ結城を離れる段取りになってな。もう一つののどか屋を含めて、見世はすべて閉めてしもうた」

大河原忠兵衛がそう言って、思い出したように独活を口に運んだ。

「のどか屋を開いたときは、厨に立って豆腐飯をつくられることも間々あったのだが、気落ちをされたのか、歩みもままならぬようになってしまわれてのう」

「もともと年が寄って具合は芳しくなかったのだが、のどか屋を開くときはにわかに調子を取り戻され、これならと愁眉《しゅうび》を開いたのだが」

元藩主に長年付き従ってきた二人の家臣は、沈痛な面持ちで言った。

「そうしますと、今後の大殿はどのようなことに?」

時吉は案じ顔で問うた。

「病の床に伏しているわけではないから、折を見て駕籠で結城から江戸へ向かうことになろう」

「それからのちは、千駄ヶ谷の隠居所で静かな余生を過ごされるという段取りだ」

二人の藩士はそう説明した。

「もう終わりだからと、漬物も干物もただでふるまわれてのう」

小針猛之進はしみじみとした口調で言った。

「それでも、たまにしか開かぬ見世だったゆえ、しばらくはだれも来なくてな。大殿は寂しそうにしておられた」

いくらか遠い目つきで、大河原忠兵衛も言った。

「のどか屋の豆腐飯もただでふるまわれたのでしょうか」

時吉はたずねた。

二人の藩士がうなずく。

「これまた客が入らぬゆえ、気をもんでいたのだが、幸い、いくたりかうわさを聞いてのれんをくぐってくれた」

小針猛之進が言った。

「その客の一人が、『この豆腐飯が食えなくなるのはつらい』と言ったところ、大殿は厨の長床几に座ったままぼろぼろ泣かれてのう」

そう告げる大河原忠兵衛の目にも光るものがあった。

「それから、のれんをしまったあと、まだだいぶ豆腐飯が余っていたので、大殿も召し上がられた。それを食しているうち……」

忠兵衛はそこで言葉に詰まった。

「『これで、結城の民ともお別れじゃ』と言って、大殿はまたぼろぼろ泣かれるのだ。つらい夜であった」

猛之進が喉の奥から絞り出すように言った。

「さよう、でしたか」

時吉も、やっとの思いで答えた。

胸が詰まった。

水野日向守勝剛がどんな思いでもう一つののどか屋の最後の晩を過ごしたか、その心持ちを推し量ると、何とも言えない気がした。

「いつになるか分からぬが……」

気分を換えるように、小針猛之進は座り直した。

「大殿は、またのどか屋の豆腐飯を味わってから隠居所へ行きたいとおっしゃっておられた」

「本家の、のどか屋のな」

大河原忠兵衛が言い添える。

「承知しました」

時吉はそう言って、厨のおちよのほうを見た。

おちよがうなずく。

背中で聞いていた隠居も、ゆっくりと一つうなずいた。

「お待ちしております、と大殿にお伝えくださいまし」

結城で会った元藩主の、年輪の刻まれた顔を思い浮かべながら、時吉は言った。

第十一章　天寿司

一

「おう、だいぶ速くなったじゃねえか」

のどか屋の前で、長吉が目を細めた。

「うん、じょうずになったよ」

千吉は自慢げに言って、左足に身の重みをかけて器用に歩いてみせた。

「足も前よりちょっとだけ、まっすぐになったような気がする」

おちよが指さす。

「まあ、そのあたりは追々だな」

古参の料理人はそう言って腕組みをした。

今日は見世が休みだ。長吉は知らせを伝えがてら、孫の顔を見に来た。

長吉が伝えたのは、まず時吉の留守のあいだにのどか屋を手伝ってくれた松吉が深川の料亭に引き抜かれるという知らせだった。だいぶ下のほうではあるが、料亭の番付にも載っている。腕を買われたのだから、料理人にとっては何よりのほまれだ。松吉の腕なら、つつがなくつとめあげてさらに名を上げることだろう。

昼の膳が終わり、いまは短い中休みに入っている。おちよが仮眠を取ろうと思ったら、長吉がふらりとやってきた。

長吉が伝えた知らせは、松吉の件ばかりではなかった。

長吉屋の客筋を頼ってみると、良さそうな寺子屋の先生が見つかった。春田東明《はるたとうめい》という儒学者で、いくらか変わったところはあるが、ためになる教えをしてくれるという評判だった。寺子屋は橋本町《はしもとちょう》だから、千吉の足でもなんとか通えそうだ。

「じゃあ、とりあえず、東明先生のところへ下見に行って、千吉を採ってくださるのなら来月から通わせようかと」

おちよが父の長吉に言った。

「採るも採らねえもねえはずだ。東明先生は来る者拒まずっていううわさだからな」

と、長吉。

「ほんとに寺子屋で勉強するかい？」

こちらに歩いてきたわらべに向かって、母はたずねた。

「うん。べんきょうする」

千吉が立ち止まって答える。

「ええな。うんと知恵をつけて、立派な大人になりな」

長吉はそう言って、孫の頭をなでてやった。

「うみゃ」

足下にすり寄ってきたのどかがないた。

「なんだい、おまえも猫の寺子屋へ行くかい？」

おちよが戯れ言を飛ばす。

「のどかはもう知恵があるから、寺子屋なんぞへ行かなくても大丈夫だな？」

長吉が声をかけると、まんざらでもなさそうな様子で、貫禄のある猫は前足でのどのあたりをかきだした。

長吉は弟子の見世へ寄るらしく、早々に立ち去っていった。

「おとっつぁんのせいで、今日は中休みがなかったわね」

おちよがぼやく。

「いいじゃないか。寺子屋の話を持ってきてくれたんだから」

厨で仕込みをしながら、時吉が言った。

「まあ、そうねえ。なら、次の休みに行ってみる?」

「ああ、そうしよう。善は急げだ」

時吉は二つ返事で答えた。

二

再びのれんを出してほどなく、のどか屋の前に二挺の駕籠が止まった。

初めの駕籠からは二人の武家が下りてきた。水野結城藩の小針猛之進と大河原忠兵衛だった。

ただならぬ気配を察して、おちよとおけいばかりでなく、時吉も出迎えた。水野勝剛の話は、すでにおちよに伝えてある。

「さ、大旦那さま」

「どうぞお手を」

　まだ駕籠屋の目がある。二人の武家は芝居を演じた。

駕籠から現れた元藩主の姿を見て、時吉は胸の詰まる思いがした。結城で会ったときより、水野勝剛はひと回り小さくなってしまったように見えた。

「大儀じゃ」

かすれた声で言うと、元藩主は時吉のほうを見た。

そして、わずかに笑みを浮かべて言った。

「久しいの」

「ようこそのお越しでございます」

そう答えながらも、時吉はいくらかあいまいな顔つきをしていた。

駕籠は去っていった。

「さ、大殿」

呼び名が変わった。

二人の家臣の肩を借り、水野勝剛はようよう歩いてのどか屋の座敷に腰を下ろした。

「まことに相済みませんが……」

時吉は申し訳なさそうに告げた。

「今日は豆腐飯がすべて出てしまいました。豆腐が残っていれば、おつくりすることもできるのですが、あいにく一丁も残っておりません」

「ただ、お豆腐屋さんまで走ることもできますので、もしご所望でしたら……」

「よい」

元藩主はゆっくりと手を挙げておちよを制した。

「明日は豆腐飯が出るであろう？」

温顔で問う。

「は、はい……そういたしますと」

おちよは時吉の顔を見た。

「お泊まりでございますか」

時吉は驚いたように言った。

「大殿はかような旅籠に泊まったことが一度もない。そこで……」

小針猛之進が大河原忠兵衛に続きをうながした。

「本家のどか屋の豆腐飯を味わうべく、泊まりを所望されたのだ」

忠兵衛は笑みを浮かべた。

「よしなにな」

元藩主が言った。

「あ、ありがたく存じます」

おちよがぴょこりと頭を下げた。

おけいも緊張気味に続く。

「お部屋は六つございます。並びの一階ですと、階段を上らずに済みますが」

時吉がそう勧めたが、水野勝剛はいくらか思案してから答えた。

「ながめのよいほうが好ましかろう。江戸の往来をしばし見物したきもの」

「承知しました。では、二階の手前側のお部屋へご案内いたします」

時吉はそう答えて、女たちに目くばせをした。

三

「どうだった？　おそめちゃん」

茶を出して戻ってきた娘に、すぐさまおちよがたずねた。

「はい、大旦那さまは下の通りを見ておられました」

手伝いの娘には結城の紬問屋の主従で通している。おそめはそう答えた。

「それから、湯屋へ行ってみたいとおっしゃっておいででした。番頭さんのお話によると、家に内湯があるので、いままで一度も湯屋へ足を運んだことがないのだとか」

おそめは疑いもせずに伝えた。

「だったら、岩本町まで駕籠を手配しようか」

時吉が言った。

「そうね。寅次さんにひと声かけておくといいかも」

そんな話をしていると、うまい按配に野菜の棒手振りの富八がのれんをくぐってきた。

「なら、おいら、ひとっ走り伝えてきまさ。ついでに駕籠の手配も」

気のいい棒手振りが話を呑みこんで言った。

「悪いわねえ、富八さん」

「なんの。結城の大店の大旦那は初めての湯屋なんでしょう？　こりゃあ岩本町のほまれでさ」

「だったら、ついでに『小菊』の細工寿司も、うちの払いで」

時吉が案を出した。

「合点《がってん》で。どんな細工がよござんしょうね」

「そうさな……天保の『天』寿司がいいだろう」

時吉は少し思案してから答えた。

結城の主従が再びのどか屋の座敷に姿を現したのは、日がとっぷりと暮れ、軒行灯の灯が明るさを増す頃合いだった。

「よい湯でございましたな、大旦那様」

番頭役の大河原忠兵衛が言った。一枚板の席にほかの客が陣取っている。また芝居が始まっていた。

しかし……。

「初めて湯屋に入り、民の暮らしに触れることができた」

水野勝剛は何も斟酌《しんしゃく》していなかったので、二人の武家はいささか据わりの悪そうな顔つきをしていた。

「持ち帰りの寿司は、ここで食べて良いものだろうか」

小針猛之進がたずねた。

「ええ、どうぞお構いなく」

「お切りしますので」

のどか屋の二人が言った。

寿司がきれいに盛り付けられ、座敷に運ばれる前に、一枚板の席の客が腰を上げた。これで芝居をせずにすむ。

「天か……」

切り口に鮮やかに浮かんだ天の字を見て、水野勝剛は半ば独りごちるように言った。

「おお、これは食ってもうまい」

いくらかおどけた口調で、小針猛之進が言った。

「実は、この天寿司はうちが改元とともに案じまして、弟子筋の『小菊』さんに教えたんです」

おちよがそう伝えた。

「なるほど、こちらが本家か」

「椎茸や干瓢の煮付けが、いい按配で入っておるわ」

「大殿もお召し上がりを」

二人の武家にすすめられ、元藩主も箸を取った。

「……うむ」

ゆっくりと口を動かしてうなずく。

「いかがでございましょう」

時吉が厨からたずねた。

「ずいぶん長いあいだ、往来をながめていた。ときには、天も見上げた」

元藩主は細工寿司とは違うことを語りはじめた。

「わしの治世では、何一つ華々しいことはできなかった。青雲の志を胸に藩主の座に就いたものの、ただ日々に流されるばかりで、そのうち気鬱になり、早々に隠居の身となってしもうた。民のために何もしてやれなかったわが身があまりに情けなく、身分を隠してひそかに小さな見世を開き、心をなぐさめておった」

水野勝剛は、ここで注がれた酒を口に運んだ。

だれも口をはさまない。夜泣き蕎麦の何がなしに物寂しい売り声が近づき、また遠ざかっていく。

「されど、それで良かったのかもしれぬ……今日、ここの二階から往来をながめながら、ふとそう思った」

元藩主はゆっくりと猪口を置いた。

「それで良かった、と申されますと？」

小針猛之進が身を乗り出した。

「わしが自負心と膂力《りょりょく》に満ちあふれた名君であったなら、ことによると藩政を誤り、民を苦しめることになったやもしれぬ。日光の祭礼奉行のつとめだけでも負担で、何もできなかった凡君であったればこそ、民はかえって平《たい》らかに暮らせたのではあるまいか。そう考えれば、多少なりとも心の荷が軽くなったように感じられる」

元藩主の言葉に、大河原忠兵衛は何とも言えない表情でうなずいた。

「見よ、このささやかな『天』を」

水野勝剛は細工寿司を指さした。

「わしが治めていた結城藩も、かくのごときものだった。世を併呑《へいどん》するかのごとき、大きな天ではなかった。さりながら……」

元藩主はいったん言葉を切り、続けざまに瞬きをしてから言った。

「このささやかな『天』のたたずまいはどうじゃ。小なりとはいえ、まるで笑っているかのようではないか」

時吉もおちよも声をかけなかった。いや、かけることができなかった。

「これで良いのであろう……これで」

わが身に言い聞かせるかのように言うと、水野勝剛は静かに箸を動かし、次の小さな『天』を口中へ投じた。

四

翌朝――。

元藩主と家臣たちは、ほかの客よりいくらか遅く起きてきた。

「おう、本家の豆腐飯だ」

「待ちかねたのう」

猛之進と忠兵衛が芝居を忘れて笑みを浮かべた。

ちょうど座敷がふさがっていたため、水野勝剛は一枚板の席に座った。

「お待たせいたしました」

豆腐飯の膳を、万感の思いをこめて時吉は出した。

ゆうべはこれから先のことを聞いた。おちよが「また駕籠でおいでくださいまし」

と声をかけたが、元藩主は笑って首を横に振った。

いつまでもみなに苦労をかけるわけにもいくまい。千駄ヶ谷の隠居所に移ったら、
そこを終《つい》の棲家《すみか》とし、書物《ふみ》に親しみ、ときおり画などを描きながら余生を過ごすつも

りだ。

元藩主の決心は固いようだった。

よって、これが最後の豆腐飯になる。

「うまいのう」

まずは豆腐だけを匙ですくって食す。

そのさまを、時吉はじっと見守っていた。

「世はなべて平らかじゃ。この豆腐のごとくにな」

いくぶんは願いをこめて、水野勝剛は言った。

膳には鮎の風干しや胡瓜のもろみ漬けなどもついていた。干物と漬け物の見世も開いていた元藩主は、それもいたく気に入った様子だった。

いち早く食べ終えた藩士たちは、いったん外に出て駕籠を拾ってきた。

小針猛之進と大河原忠兵衛は、千駄ヶ谷の隠居所詰めとなる。大殿が亡くなるまで、身の回りの世話をする役どころだ。

藩全体から見れば忘れられたような閑職だが、長年付き従ってきた二人はかえってさわやかな顔つきをしていた。

「これで、思い残すことはないの」

どこか仏のような顔つきで、水野勝剛は箸を置いた。

「ありがたく存じました」

結城紬のようにつむがれた、ひとすじの縁《えにし》の糸をかみしめながら、時吉は深々と一礼した。

猛之進と忠兵衛の肩を借り、元藩主はのどか屋を出て、表の駕籠に乗りこんだ。

まだ見世に客はいたが、世話になった大旦那様なのでと断って、時吉とおちよは見送りに出た。

「息災で暮らせ、のどか屋」

最後に、水野勝剛は言った。

そこだけは、張りのある藩主の声だった。

「では、これにて」

「御免」

徒歩にて従う二人が一礼する。

駕籠が動きだした。

元藩主を乗せた駕籠が横山町の通りの向こうへ姿を消すまで、時吉とおちよはじっと見送っていた。

それから三年後の天保五年三月、水野結城藩の第六代藩主、水野勝剛は千駄ヶ谷の隠居所で亡くなった。

享年《きょうねん》七十五。

藩主としての在位は十七年、その座を退いてからの歳月はほぼ倍の長きにわたった。

隠居所での行跡はほとんど伝えられていないが、わずかに数点の花鳥画が遺されている。

才のきらめきなどは見られない、いたって凡庸な画だが、慈《いつく》しむようにていねいに描かれたその絵には、まぎれもない「平凡の徳」が宿っていた。

終章　千吉焼き

一

「そうかい。来月から千坊も寺子屋かい」

隠居の季川が笑みを浮かべた。

「早いもんだねえ。あっという間だね」

元締めの信兵衛も感に堪えたような表情になる。

「ほんと。うちの善松もそのうちそうなるでしょう」

長屋の衆に息子を預けているおけいが言った。

「しっかりやるのよ、千吉」

おちよが子猫の世話をしながら言った。

いちばん若い、三代目のゆきが子を産んだ。のどかから数えると四代目になる。

約束どおり、大和梨川藩の藩士たちが鼠取り役にもらい受けに来た。とりどりの柄《がら》の五匹の猫だ。

ところが、さすがに母猫の情で、子猫をすべて籠に入れようとしたところ、たいそうな嘆きようになった。普段は温厚な猫なのに、ふうしゃあと声をあげて爪まで立てようとする。

これはあまりにも可哀想だからと、ことに気に入っているらしい雄猫を一匹だけ残してやることにした。母は柄のある白猫だが、子は真っ黒な猫だ。名はまだ決めかねている。

「千ちゃん、もうなまえかいたよ」

わらべが自慢げに言った。

先だって、のどか屋が休みの日に、春田東明の寺子屋へ千吉をつれていった。

千吉の左足が生まれつき悪く、いま添え木をして治しにかかっていると告げると、つややかな総髪の儒学者は深くうなずき、

「そのようにおのれにどこか悪いところがあれば、きっと人の痛みが分かる大人になりましょう」

と言ってくれた。

寺子屋へは、来月から通うことになった。ほかのいくらか年かさのわらべが字を習っているのを見てわれもと思ったらしく、千吉は帰るなり紙を所望して筆を執った。

わが名を書く、というのだ。

しかし……。

惜しむらくは、「千」が「干」になっていた。

のどか屋は干物を出しているから、そちらの字を覚えてしまったのだろうと笑い話になった。「吉」もずいぶんと「口」が大きく、横線も一本多かった。

「そのうち、いろいろな字の読み書きができるようになるだろう」

時吉が言った。

「うん」

わらべが力強くうなずく。

「百珍《ひゃくちん》本をはじめとして、料理の書物をおとうはたくさん持ってるからね。寺子屋の励み甲斐があるよ」

隠居が目を細くした。

『豆腐百珍』が当たってから、世には雨後の筍のごとくに百珍本が出るようになった。

なかには『海鰻《はむ》百珍』といった変わり種もある。その多くが時吉の書架にあった。

そんな話をしていると、おけいがにぎやかに客を案内してきた。

もはや常連と言ってもいい二人組だった。

「ご無沙汰しておりました」

「またお世話になります」

野田の醬油づくり、花実屋のあるじの喜助と、番頭の留吉だった。

二

「おっ、これは新顔ですか」

部屋に荷を置き、座敷に戻るなり、子猫を見て喜助が言った。

「おっかさんが、ふうって怒ってますよ、旦那さま」

番頭がゆきを指さす。

「はは。おまえさんの大事な子を取りゃしないよ」

あるじが笑う。

「それにしても、濃口醬油みたいに真っ黒だね。……これは、あきないもので悪いんですが」

喜助はそう言って、小ぶりの樽を差し出した。

「ありがたく存じます。濃口ですね？」

土産を受け取った時吉が問う。

「ええ。ことのほか風味のいいものをお持ちしました」

花実屋のあるじは笑顔で言った。

「だったら、この子の名前、お醤油の『しょう』ちゃんにしたらどうかしら。響きもいいし」

「ああ、いいですね、おかみさん」

おけいがすぐ乗ってきた。

こうして、力屋の入り婿になったやまと以来の雄猫の名が決まった。

土産はそれだけではなかった。

「千吉坊っちゃんに、いいものをお持ちしましたよ」

番頭がだいぶ気を持たせて包みを取り出した。

「ひょっとして、おせんべい？」

わらべの瞳が輝く。

「大当たり！」

留吉は大仰な身ぶりをつけて答えた。

「では、お披露目《ひろめ》とまいりましょう」

喜助が包みを開く。

「わあ」

「すごい」

「よくできてる」

のぞきこんだみなが感嘆の声をあげた。

狐色に焼かれたどのせんべいにも、千吉の顔が描かれていた。

花実屋の蔵人が描いた似面をもとに、焼き鏝の職人が腕を振るい、実に真《しん》に迫った顔がせんべいの上に表されていた。なかには、千吉がせんべいにかぶりついている図柄の凝ったせんべいもある。

「うちではさっそく『千吉焼き』という名で売り出しております。かわいいという評判で」

喜助がえびす顔で言う。

「千吉の名のいわれをたずねられませんでしょうか」

おちよがたずねた。

「悪い盗賊を捕まえた千里眼のわらべの名だと、いくらか下駄を履かせて申し上げたところ、それは縁起物だということで飛ぶように売れておりますよ」

あるじに負けない笑顔で、番頭が言った。

「なら、本家が食べないとね」

隠居が水を向けた。

「うん」

大きくうなずくと、千吉はおのれの顔が浮かんでいるせんべいをつまんだ。

そして、ぱりっといい音を立ててかんだ。

「どう？　お味は」

おちよが問う。

しばらくもぐもぐと口を動かしていた千吉は、やがて満開の花のような笑顔になった。

［参考文献一覧］

志の島忠『割烹選書　春の献立』（婦人画報社）
志の島忠『割烹選書　懐石弁当』（婦人画報社）
志の島忠『割烹選書　茶席すし』（婦人画報社）
志の島忠『日本料理四季盛付』（グラフ社）
料理・志の島忠、撮影・佐伯義勝『野菜の料理』（小学館）
福田浩、松下幸子『料理いろは庖丁　江戸の肴、惣菜百品』（柴田書店）
土井勝『日本のおかず五〇〇選』（テレビ朝日事業局出版部）
金田禎之『江戸前のさかな』（成山堂書店）
松井魁『日本料理技術選集　うなぎの本』（柴田書店）
田村平治、平野正章『日本料理技術選集　しょうゆの本』（柴田書店）
田中博敏『お通し前菜便利帳』（柴田書店）

藤井まり『鎌倉・不識庵の精進レシピ　四季折々の祝い膳』（河出書房新社）
料理＝福田浩、撮影＝小沢忠恭『江戸料理をつくる』（教育社）
鈴木登紀子『手作り和食工房』（グラフ社）
原田信男校註・解説『料理百珍集』（八坂書房）
『復元・江戸情報地図』（朝日新聞社）
今井金吾校訂『定本武江年表』（ちくま学芸文庫）
日置英剛編『新国史大年表　第五巻Ⅱ』（国書刊行会）
『日本庶民生活史料集成　第十一巻』（三一書房）
北村一夫『江戸東京地名辞典　芸能・落語編』（講談社学術文庫）
『江戸四宿を歩く』（街と暮らし社）
『結城市史　第五巻　近世通史編』（結城市）
「結城紬ガイドブック」（結城市産業経済部産業振興課）
「本場結城紬」パンフレット（結城市産業経済部商工観光課）
「結城紬」パンフレット（本場結城紬卸商協同組合）
「るるぶ特別編集　結城市」（結城市産業振興課・結城市観光協会）
鹿島神宮ホームページ

時代小説
二見時代小説文庫

天保《てんぽう》つむぎ糸《いと》 小料理《こりょうり》のどか屋《や》 人情帖《にんじょうちょう》16

著者 倉阪鬼一郎《くらさかきいちろう》

発行所 株式会社 二見書房
東京都千代田区三崎町二―一八―一一
電話 〇三―三五一五―二三一一［営業］
〇三―三五一五―二三一三［編集］
振替 〇〇一七〇―四―二六三九

印刷 株式会社 堀内印刷所
製本 ナショナル製本協同組合

落丁・乱丁本はお取り替えいたします。
定価は、カバーに表示してあります。

 ISBN978－4－576－16027－6
http://www.futami.co.jp/

二見時代小説文庫

倉阪鬼一郎
小料理のどか屋 人情帖1～16

浅黄斑
無茶の勘兵衛日月録1～17
八丁堀・地蔵橋留書1～2

麻倉一矢
かぶき平八郎荒事始1～2
上様は用心棒1～2
剣客大名 柳生俊平1～2

井川香四郎
とっくり官兵衛酔夢剣1～3
蔦屋でござる1

大久保智弘
御庭番宰領1～7

沖田正午
陰聞き屋 十兵衛1～5
殿さま商売人1～4
北町影同心1

風野真知雄
大江戸定年組1～7

喜安幸夫
はぐれ同心 闇裁き1～12
見倒屋鬼助 事件控1～5

小杉健治
栄次郎江戸暦1～15

佐々木裕一
公家武者 松平信平1～12

高城実枝子
浮世小路 父娘捕物帖1～2

幡大介
天下御免の信十郎1～9
大江戸三男事件帖1～5

早見俊
目安番こって牛征史郎1～5
居眠り同心 影御用1～18

花家圭太郎
口入れ屋 人道楽帖1～3

聖龍人
夜逃げ若殿 捕物噺1～16

氷月葵
公事宿 裏始末1～5
婿殿は山同心1～3

藤水名子
女剣士 美涼1～2
与力・仏の重蔵1～5
旗本三兄弟 事件帖1～2

牧秀彦
毘沙侍 降魔剣1～4
八丁堀 裏十手1～8
孤高の剣聖 林崎重信1～2

森真沙子
日本橋物語1～10
箱館奉行所始末1～4

森詠
忘れ草秘剣帖1～4
剣客相談人1～15